혈증십관 십서

혈증 십관 십서

초판 1쇄 인쇄일 2022년 10월 30일
초판 1쇄 발행일 2022년 11월 10일

지은이 이재영
펴낸이 양옥매
디자인 송다희 임홍순

펴낸곳 도서출판 책과나무
출판등록 제2012-000376
주소 서울특별시 마포구 방울내로 79 이노빌딩 302호
대표전화 02.372.1537 **팩스** 02.372.1538
이메일 booknamu2007@naver.com
홈페이지 www.booknamu.com
ISBN 979-11-6752-198-9 (03810)

이 도서의 국립중앙도서관 출판예정도서목록(CIP)은 서지정보유통지원시스템
홈페이지(http://seoji.nl.go.kr)와 국가자료종합목록시스템
(http://www.nl.go.kr/kolisnet)에서 이용하실 수 있습니다.

혈증 십관 십서

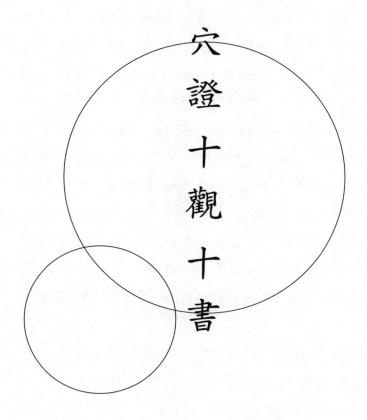

穴證 十觀 十書

이재영 지음

책과나무

머리말

　혈을 찾아내는 능력은 코로나 19 백신을 연구하는 만큼의 노력이 들어가야 하는 것이 아닌가 한다. 필자는 혈에 대해 어렵게 공부했다. 사(師)가 23인으로 강산이 세 번이나 변하고 있는 찰나다. 이분들 덕분에 궁(窮)한 풍수(風水)가 통(通)했다고 할 수 있겠는지. 이것이 전부 다는 아니다. 핵심이 빠졌다. 알파벳으로 영어를 배우는 것이 아니라 바로 써먹는 문답이라야 영어가 짧은 시간 내 완성된다.

　풍수가 전부일까? 세월이 지나가면서 풍수가 아니고 혈이라는 사실을 필자는 알았다. 혈증(穴證)인 혈(穴)이 답이란 것을 한참 시간이 지난 다음에야 말이다. 궁했던 혈이 통한 궁즉혈통(窮則穴通)이다. 혈의 역량이 무궁무진함을 알고선 이를 후학도들에게 쉽게 알려야겠다는 생각이 들었다. 고민에 고민, 많은 고민이 아닐 수 없다. 어떻게 하면 쉽게 익히고, 배우고, 가르쳐야 하는지를 고민한 틈(세월)이 이를 말해 주었다.

　그렇게 한다면 첫째로 혈증을 알아야 하는데, 힘든 사항이 보통이 아니란 것을 알려면 일단 외워야 한다. 알려고 한다면 기본적인 개념의 이해가 먼저고 발품은 나중이다. 문답의 순서가 문무다. 문(十觀)이 먼저요 다음이 무(踏觀)다. 혈증 십관과 답관이 문과 답으로 문무의 완전한 무장이다. 그중에서도 가장 중요한 것이 일관이다.

　어렵고 복잡해서 혈 배우기가 힘들다면, 자기 손가락(바닥)을 펼쳐 옆으로 90° 돌려 구부리면 된다. 맥순에 따른 모양이 'j' 자로 낚시 고리 모양이며 곰배 '丁' 자다. 산에 가서 손 모양대로 찾아 'j' 자가 나타 난다면 100% 혈이다. 혈의 증명은 'j' 자 모양의 여부다. 산 능선을 등 산 삼아 다니다가 한쪽으로 굽어진 편맥을 찾는 형태가 'j' 자다. 현장 에서 'j' 자를 찾아 설명하면 관산을 하는 관인(觀人)들이 알게 된다.

혈증의 가장 원초적인 요소가 혈이기 때문에 중요함을 강조하는 가 장 큰 요소가 된다. 서책을 만든 기본적인 뜻이 여기에 있다. 반면에 풍수는 아니다. 초학자든 풍력이 많은 사람이든지 간에 풍수가 답은 아니다. 오래된 풍수인은 더군다나 아니다. 이유는 간단하다. 혈증 이 아닌 풍수의 맛에 파묻혀, 풍수는 되지만 혈은 해결되지 않기 때 문이다.

혈증 십관의 순서는 지프의 법칙을 따라 분석했으며 혈의 의미를 가장 쉽게 해석하기 위한 것이다. 중요도에 따른 지프의 원리를 이용 하는 방법으로 나누어진다. 일관이 'j' 자 이론으로 가장 먼저다. 이 관이 선룡(旋龍)이다. 삼관이 3성(星)이다. 4관이 4상(象)이며, 5관이 5순(脣)의 원칙이다. 6관이 6악(嶽)이며, 7관은 7다 이다. 8관은 8요 (曜), 9관은 9수(宿), 10관은 10장(葬)으로 마지막이다.

따라서 본 서책은 혈을 공부하는, 공부하고자 하는, 혈을 갈망하 는 사람들에게 서(書)가 아닌 행동을 하여야만 가능한 관(觀)이다. 예 시로는 30여 관이 준비되어 있다. 혈이 필요한 사람들과 함께 행복한 정혈이 되기를 고대하고 기대하는 바이다.

2022년 11월

이재영

차례

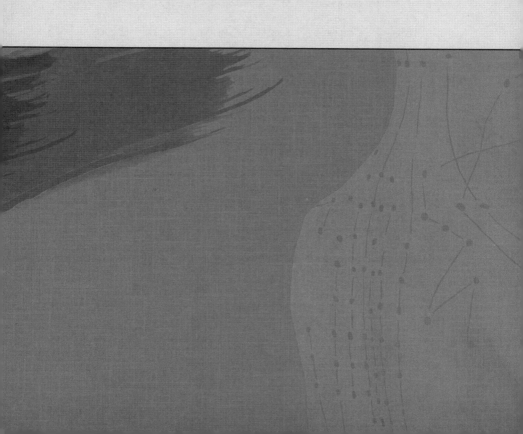

1부

혈이 찾아질까

풍수는 십인십색(十人十色)이며 백인백색(百人百色)이다. 이에 비해 정혈은 십인일색(十人一色)이며 백인일색(百人一色)이고 일조(一兆)도 자연에 나타나는 혈증은 일색(一色)이다. 보는 사람에 따라 보는 사람의 색이 나타나는 것이 풍수인 반면, 혈은 일색이다. 증(證)은 누가 보든지 간에 같기 때문이다. 단지 아는 만큼 보이는 차이가 나타날 뿐이다.

혈은 규칙이 존재하고 6악 등의 혈증이 있다. 물론 혈 찾기가 쉽지 않다. 4신사나 풍수나 수맥, 기맥이나 기타 여러 가지 방법을 동원하여 혈을 찾는다고 하는 풍수술사들이 실제로 많이 있다. 이러한 근본적인 이유는, 책에는 있지만 현장에 있는 혈증인 6악의 존재 자체를 모르고 있다는 것이다. 하물며 혈증을 무시하는 작자도 있다.

이러한 사람들에게 경고하는 측면에서 말하고자 하는데, '선익을 한 번이라도 본 사실이 있는가?'라고 필자는 단호하게 묻는다. 다만 자연에 가면 혈증이 있다고 하는 말이다. 이유가 뭘까? 풍수고전의 대표 주자 격인『인자수지』등에는 4신이 아닌 4악이라는 그림이 있다. 요즈음의 풍수 서책에는 5악이 그려져 있다.

필자는 졸저『혈 인자수지』에서 6악을 강조한 바 있다. 자연에도 혈증인 6악이 존재한다는 것을. 그러한 예시가 3부 각각의 예에서 볼 수 있다. 특히 우선순위가 빠른 예시들은 불특정다수인과 일반인의 눈으로도 쉽게 확인된다. 일행들에게는 여러 차례 일견하고 일갈했다. 단언컨대 모두가 6악의 진실은 긍정적임을 시사했다. 6악의 존재에 대한 진정성은 예시의 그림처럼 여러 곳에서 주장된다. 허구[1]가 참을 이길 수 없다. 따라서 혈증인 6악은 자연에 있다는 것이다.

1. 요즈음 관산의 현실

(1) 4신사 위주

강의실이나 관산을 가면 가장 많이 설명되는 말이 청룡과 백호다. 주작과 현무도 마찬가지로 강조하는 용어가 된다. 4신사로 혈을 찾을 방법이 있을까? 찾을 방법이 없다. 4신은 첫째, 거리가 멀다. 거리가 있으면 측정하기가 쉽지 않고 혼란스럽다. 기준점이 달라진다.

혈을 기준으로 해서 본다면, 혈 앞에는 우리 얼굴의 턱과 같은 전순이란 개체가 존재한다. 혈 뒤에는 입수가 있다. 상대적인 개념으로 볼 때, 혈의 기준점은 입수와 전순이다. 이들을 연결하면 종선이 나타난다. 입수와 혈과 전순의 일직선이 기준 된다. 거리가 있는 안산과는 상대적인 거리감이나 전순과의 비교에서도 상대가 될 수 없다. 안산의 상대는 현무이다.

4신사인 현무와 안산, 청룡과 백호로 종선과 횡선의 십자가 혈이 되어야 하는데 결코 이러한 방법으론 혈이 성립되지 않는다. 4신사

---

1   기맥, 수맥, 기 감응, 신 등을 활용하여 지가 최고인 양 떠들어 대는 풍수인들은 허구다.

혈이 찾아질까

가 풍수는 될지언정 정혈(正穴)은 아니다. 더군다나 4신으로 자리를 잡으면 10m 올라가도 자리가 될 수 있고 10m 내려가도 비슷한 지향점이 된다. 혈 찾기로 이러한 방법은 의미가 퇴색되고 너무 주관적이므로 객관성이 떨어진다. 반면에 정혈은 아주 객관적이며 + 지점은 운신의 여유 폭이 전연 없다. 이것이 핵심이다.

(2) 풍수

풍수를 분해하면 장풍과 득수가 된다. 장풍은 4신사로, 득수는 수가 된다. 이미 언급했지만 4신은 혈을 찾는 방법이 아니다. 물도 마찬가지로 혈을 찾아낼 수 있는 능력은 없다. 풍도 수도 혈을 찾을 능력은 안 되며, 풍수로는 혈을 더더욱 찾을 수 없으므로 미신이랄 수 있다. 이에 비해 혈증은 혈의 증거로 객관성이 있어 과학이라 할 수 있다. 따라서 풍수로 혈을 찾는다는 것은 한계가 있으며 혈은 혈증으로 찾아야만 해결될 것이다.

(3) 수맥과 기맥

풍수 백화점에 가면 풍수 물품 가운데 수맥과 기맥을 측정하는 측정기기가 가장 많다. 패철보다 많고 비보 물보다도 많이 전시된 것이 맥선 기구이다. 마치 이것이 풍수인가 싶다. 다만 혈을 찾고 나서 검증하는 방법으로 기맥을 찾고 수맥을 찾으면 좋을 듯하다.

혹자는 시내권에 있는 음식점 등이 장사가 잘된다고 하여 측정 결과 기운이 좋다고 하면서 명당이란 용어로 풍수를 빙자하여 주장하곤 한다. 수맥, 기맥과 풍수는 혈과 비교의 대상이 아니다. 수맥은 수맥의 논리로, 기맥은 기맥의 논리대로 가야 한다. 본질을 망각하면서까지 풍수와 같은 잣대로 평가하는 것은 합당치 못하다. 풍수에 빗대어 '자리가 좋다', '명당이다'란 논리는 상당히 많은 오류를 내포하고 있기 때문이다.

수맥은 관정을 파는 것이 본래의 목적이며, 기맥은 수양 등 기운을 다스리는 것이 목적이다. 그런데 풍수를 동원하여 마치 '명당화'하는 방법은 온당치 못하며 나름의 본질대로 가야만 온당할 것이다.

(4) 영적 능력

철학의 상위 학문이라는 주역이나, 영적 능력으로 풍수 혈을 신봉하고 찾는 방법이 있다. 주역 풍수나 기문 풍수로 호도하여 풍수 혈을 찾는다는 논리가 이것이다. 또한 영적인 능력으로 천기 운운하면서 자리를 찾아내는 방법을 동원하는 경우가 이 기운이다.

기운이 대단하다는 핑계로 아주 좋은 자리라고 표현해 가면서 현장 안내를 하는 방법이 제시되기도 한다. 하지만 이는 어디까지나 영적인 신의 존재를 넘나드는 행위로서, 풍수 혈증과는 차원이 다른 개념이므로 이를 풍수와 관련시키는 행위는 정당치 못한 행동으로 판단된다.

(5) 기타 방법

일반적인 사회생활 속에서도 가장 먼저 따지는 것이 법(法)이다. 法을 파자하면 水와 去가 된다. 물이 되고 오고 가는 것이 법이다. 법은 역리가 아닌 순리다. 소송도 마찬가지로 문제가 발생하면 증거가 있어야 한다. 증거 능력이 있어야 합법이 되는 것이다. 법은 객관적이고 상식적이다.

혈도 같은 조건이 성립된다. 무당이나 다른 방법으로 혈을 찾는 방법은 없다. 혈은 혈증으로 찾아야지, 다른 방법으론 불가능하다. 만일 다른 방법이 있다면, 객관성이 담보되어야 하는데 대부분 주관적이다. 객관성은 공이 여(與)나 야(野)가 같은 해석이 되어야 하는 것이어야 하는 데에 비해 주관은 나만 되고 남은 되지 않는 내로남불이다. 객관성의 확립은 혈증으로 혈을 찾아야만 해결된다.

2. 자연에 혈이 있을까?

혈을 증명하는 혈증이 자연에 있다. 혈증은 6악이다. 6악은 입수·선익(2)·전순·입혈맥·혈로 구성되어 있다. 소위 말하는 잘된 사람들의 조상에는 혈증들의 형태가 존재한다. 선익이 혈의 이름을 구분 짓듯 혈상이 있다. 그 본보기가 3부에 있는 실증의 혈들이다.
이들은 상대적으로 후손들이 각광(脚光)받는 조상들의 묘지를 가진 소유자의 관리자들이다. 이들을 풍수적인 잣대로 분석해 본 결과는 그 장에서 입증했다. 혈증은 거짓이 아니다. 혈은 100% 긍정적인 잣대로 가르치고 있기 때문이다.

3. 필자의 논리

혈은 혈을 증명하는 혈증으로 찾아야 한다. 혈의 증명은 2부에서 설명한 내용으로 1'j' · 2선 · 3성 · 4상 · 5순 · 6악 · 7다 · 8요 · 9수 · 10장 순으로 확인하고 분석된다. 용이나 4신사나 물이나 형국으론 혈을 찾을 방법도 없고 불가능하다. 더군다나 수맥이나 기맥으로 찾는다는 것은 혈을 부정하는 논리다. 자연에는 6악이 존재하기 때문이다.

6악이 주장되기 전에도 4악은 풍수 고전의 여러 책에서 주창됐고, 5악은 장용덕 선생 등 여러 풍수인의 논리에서도 주장되고 있다. 6악은 필자의 주장이지만 자연에 없는 것이 아니라 실존했고, 지금도 실존한다. 이를 부정할 것인지에 대해서는 순전히 독자들의 판단 능력에 달렸다.

혈에 의한 혈증이 자연(山)에 없다면 이상(4신사, 장풍과 득수, 용, 득수, 형국, 수맥과 기맥, 영적 능력, 기타)에서의 논리가 옳다고 볼 수 있겠지만, 자연에 엄연한 혈증이 있음에도 이를 부정한다면 합당한 처사가 아니다. 이는 풍수 고전의 서책, 지금 주장되는 5악의 서책과 풍수 정혈 주장인들 그리고 자연에 있는 혈증 6악 등에 대해 인정하지 않는다는 논리이기 때문이다.

한편 필자가 연구한 6악에 의한 혈증은 객관적인 데 반해 이를 부정하는 주장자들의 주장은 상당히 주관적이다. 더군다나 현장에 있는 혈증을 부정한다는 것은 억지춘향이다.[2] 자연에 혈증이 없으면 몰라도 자연에 있는 것을 부정하는 논리는 혈을 이미 주장한 풍수학술인들이나 서책도 부정하는 논리가 된다. 이는 특정 다수인들의 논리를 부정하는 처사로 이해에 동의하기 어렵다.

  하물며 화장을 필두로 집묘(조국, 윤 대통령)한 경우에도 섣부른 결과론으로 결정하여 너무 쉽게 주장하는 등 주관적인 사항을 내포하면서도 혈증을 모독하는 행위가 있어 그에 따른 여파가 작지 않다. 하지만 필자는 혈증이 있는 곳에서만 수작업으로 천공하는 노력을 지금도 계속 진행하고 있고, 혈이 아니면 고하를 막론하고 매장하는 일은 추호도 용서치 않는 가장 근본적인 마음의 여유를 가지고 있으며, 독자들도 이러한 자세를 가져야만 혈의 가치가 증대될 것이다. 밥그릇은 뜻(함양)에 따라 크기가 정해질 것이다.[3]

---

2 혈증인 6악이 있는데도 불구하고 이를 부정한다면 우선 여러 가지 문제가 대두된다. 첫째로 풍수 고전부터 새로운 이론이 객관적으로 있어야 할 것이며, 두 번째로 현장에 있는 6악 등의 혈증에 대해서 그 어떤 논리가 있어야 하며, 종국에는 풍수 고전 등에서 주장되는 혈증은 부정되어야 하므로 이상과 같은 문제점에 대해 학술적으로 객관화가 이루어진 뒤에야 비로소 새로운 이론이 되어야 할 것이다. 이처럼 이러한 3가지 문제점이 있음에도 해결책 없이 나의 것만 올바르다는 사이비적인 풍수술을 주장하는 것은 너무나 주관적으로 어불성설일 뿐만 아니라 내로남불이다.

3 필자의 저서 『혈 인자수지』, 『대통령 풍수 혈로 말하다』가 참고될 것이다.

[표 1] 주장자들의 상호 분석 비교

구분	주관적	객관적	비고
4신사	정확한 위치 어려움	결여	부정확
풍수(장풍 득수)	부정확	결여	부정확
수맥과 기맥	사람마다 상위	결여	본인 최고
영적 능력	사람마다 상위	결여	본인만 인정
기타 (주역, 육임 기문, 무당)	서책마다 상위	결여	상호 불일치
6악(혈증)	과학적	종선과 횡선(+) 연결	관산자 상호 동의

혈이 찾아질까

2부

혈증 십서
(穴證 十書)

인생은 생·로·병·사·묘(生老病死墓)이다. 혈은 인간의 마지막 종착역이다. 죽음 다음의 종착역이 묘지이기 때문이다. 이처럼 혈의 중요성은 고귀하며 대단하다. 혈증 십관에서 혈을 증명하는 제일 혈증은 1'j'이며 다음은 2선(旋)·3성(星)·4상(象)·5순(脣)·6악(嶽)·7다(多)·8요(曜)·9수(宿)·10장(葬)이라 칭했지만 강조하는 의미에서 재차 설명된다.

이외에도 혈증은 많다. 다만 중요도와 십서를 외운다는 차원에서 후순위로 밀리는 경우로 생략하였을 뿐이다. 그들 각각은 3부 실증 관산으로 확인된다. 중요도는 다 같지만 일단 일관부터 무게가 실린다. 따라서 'j' 자가 확인되면 혈이 될 가능성이 있고 선룡 선수가 있으면 혈이 확정된다. 이러한 절차로 혈이 이루어지면 장사까지 서(書)가 아닌 실제 행동인 관(觀)이 완성된다.

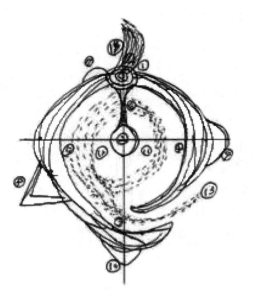

[그림 1] 혈증들

①은 입수,
②는 혈,
③은 전순,
④는 좌선익,
⑤는 우선익,
⑥은 입혈맥,
⑦은 귀성,
⑧은 요성인 파조,
⑨는 요성인 타탕,
⑩은 관성,
⑪은 좌선수,
⑫는 우선수,
⑬은 합수,
⑭는 선룡입수.

1. 一觀: 1j

'j' 자는 필자가 가장 중요하게 다루는 원칙이다. 일관인 만큼 명백하게 증명되는 명증(明證)의 대원칙이 j 자이다. 실내외에서 혈에 대해 강의를 할 때 자주 설파하는 단어가 j 자 이론이다. 서자서 산자산(書自書 山自山)이 되어서는 곤란하다. 글이 어렵다고 하여 산에 가면 굽힌 손가락을 가리키면서 이 'j' 자 하나만 찾으면 혈이 찾아진다고 말하는 것이 'j' 자 이론이다. 교육하기가 상당히 힘들기 때문에 최종적이면서 마지막으로 말하는 논리이다.

'j' 자는 반드시 알아야 하는 내용이다. 'j' 자가 없으면 그 나머지는 의미가 없다. 즉, 혈의 여부가 결정되기 때문이다. 'j' 자가 없는 혈은 존재할 수가 없다. 혈증십서(穴證十書)는 풍수 필독서가 아니라 혈증 필독서로 이해하고 외워야 한다. 혈증을, 혈을 이해해야만 만사가 해결되기에 그렇다는 말이다. 'j' 자는 굽혀진 손가락이나 굽혀진 팔 모양만 알면 된다.

(1) 뜻

"가다가 중지하면 아니 간 것만 못하다."라는 명언이 있다. 풍수에서는 다른 뜻이 있으므로 올바른 이해가 필요하다. 가다가 중지해야만 혈이 되는 원리인 'j' 자 이론이다. 'i' 자는 진행하는 글자이지만 'j' 자는 하단부가 돌아가는 형태로 멈춘 모양이다. 이러한 'j' 자는 필자가 찾아낸 것으로 혈의 하단부가 이 j 자처럼 돌아야만 혈이 생긴다.

혈은 이러한 형태가 있어야만 생성되는데, 만약에 없는 경우에는 혈이 되지 못한다.

심심풀이 삼아 이해를 높이기 위해 영어인 'end'와 'den'을 한번 음미해 보면 재미있을 것 같다. end는 우리말로 '끝'이다. 여기서 d를 앞으로 당겨서 보면 den이 된다. den은 보금자리인 '방'이 된다. end가 되어 멈추면 den이 되므로 혈이 자연스럽게 이루어지는 논리여서 의미가 있다. 방은 마침내 혈이 되는 이치로, 참으로 재미있는 난센스 퀴즈이다.

물론 웃자고 한 말이지만 'j' 자가 끝인 마지막이 되어야 멈추는데, 그 멈춘 곳이 혈이 쉴 수 있는 보금자리인 방이 되는 것이다. 보금자리는 혈로서 묘지든 집이든 가장 필요로 하는 것이 풍수인들에겐 현실이자 사실이다. 풍수는 입정불입실(入庭不入室)[1]이고, 혈중에 의한 혈은 입정입실(入庭入室)이다.

(2) 모양

'j' 자는 3가지가 있다. 90°, 180°, 270°로 굽어지는 형태에 따라 3가지가 된다. 90°의 각도는 직접적인 혈증인 6악의 하나로 전순까지 돌아간 형태로, 일본어 히라가나 글자인 'ぅ' 자 모양이 된다. 180°는 'j'

---

1 입정불입실은 혈로 말하면 곤란하다. 풍수로 말해야 답이 된다. 풍수는 일반적인 4신사로 보는 집의 구조이다. 집을 지을 때 앞으로 갈까, 뒤로 갈까, 옆으로 이동할까, 하는 방식의 논리가 되기 때문에 입정불입실이 된다. 이에 비해 혈중인 혈은 전·후·좌·우·상·하의 운신 폭이 없다. 종선과 횡선에 의한 + 자는 고정되어 있다. 고정된 곳이 혈이며 이는 입정입실이다.

자 모양으로 그보다 조금 더 꼬부 [그림 2] 'j', ﺝ 자와 낚시 고리 모양
라진 것으로 전순이 완전하고 탄탄
하다. 270°는 마치 낚시 고리의 형
태로 완전히 전순을 감아올려 반대
편 선익 일부까지 돈 것으로 가장

ﺝ j ⌡

완벽한 혈증이다. 'j'는 외측의 선익으로 내측의 선익을 감아 주는 역
할이 되며, 이 역할이 되어야 올바른 'j'가 된다.

(3) 생성되는 이유

'j' 자는 자연에 의해 만들어지는 것이다. 그런데 이 'j' 자는 임의로
만들어지지 않는다. 자연에 의한 어떤 규칙이 있어야 만들어진다.
첫째는 자체적인 힘에 의해 만들어지는 것이다. 두 번째는 타의에 의
해 만들어지는 것으로 도움을 받아야만 혈이 형성되며, 세 번째는 자
의와 타의가 공동으로 만들어진다.

이 가운데 처음에 주장되는 자체적인 힘에 의한 방법이 대부분으
로 주류이다. 용진하는 맥선의 좌우측에 파조와 타탕이 연속적으로
붙어 'j' 자 모양이 되면 마무리가 된다. 글자의 모양대로 되면 선룡이
좌선이 된다. 좌선룡은 우측의 근저가 되는 것으로 우측에 마무리가
완성된다는 것이다.

다음은 타의에 의해 이루어지는 것으로 물이 그 역할을 한다. 급한
물이 흘러내리면서 맥이 손상됨으로 인해 맥선이 한쪽으로 치우치게
되어 이로 하여금 마무리가 완료된다. 맥의 근저가 분명하다.

다음은 함께 이루어지는 것으로 자의와 타의의 합동작전으로 이루

어져 'j' 자가 생성된다. 이처럼 혈증의 1법칙인 'j' 자는 엄청난 흔적으로 그 자체가 혈이 된다는 증거적 의미다.

(4) 혈과의 관계

'j'의 점(·)이 혈이 되고 그 밑은 선익과 전순이 되며 그 선룡이 이름 지어진다. 지금의 글자처럼 되는 것이 좌선의 모양새다.

(5) 나타나는 효과

'j' 자가 있다면 혈이 된다. 이처럼 'j' 자는 혈을 만드는 직접적인 요소로 효과가 곧바로 나타난다.

(6) 있는 것과 없는 것

'j'가 없으면 혈이 아니다. 반면에 'j'가 있으면 혈증이 된다. 있는 것과 없는 것의 차이는 혈의 여부를 따질 때 엄청난 차이가 난다. 혈의 여부는 'j' 자로 결정되기 때문이다.

2. 二觀: 2선(二旋)

양선(兩旋)을 알면 혈의 여부가 70% 결정된다고 현장에서 필자는 항상 설명한다. 선은 돌 '선' 자로 '돈다', 즉 회전한다는 의미이다. 풍수가 아닌 혈은 대부분 돌아가는 회전이 있다. 애기를 안은 어머니

배 속이 둥근 모양이다. 마찬가지로 혈도 돌아야 한다는 원칙은 같다. 선룡은 산의 움직임이며 기운은 귀·부·손을 관장하는 것으로 힘이 비교적 기운차다. 수도 마찬가지로 용의 움직임에 따라 도는 형태는 같다.

(1) 방법

좌선은 좌측에서 출발하여 우측에서 마무리가 되어야 올바른 선룡 선수가 된다. 우선도 마찬가지로 좌선의 내용과 같은 형태가 된다. 선룡 선수는 정지 관성이 되어야 비로소 올바른 혈이 될 수 있다. 운동 관성이 되면 곧장 흘러가는 형태가 되어 올바른 자리는 되지 않지만 맥은 튼실해진다.

(2) 생성되는 이유

선룡 선수의 선(旋)은 '돈다', '회전한다'는 의미로 선룡이 결정되면 그 부분으로 탁이 붙는 경우가 많다. 탁이 아닌 타조가 붙는 경우가 있지만 타탕보단 역량이 떨어진다.

(3) 하는 역할
① 선룡

기록적인 통계는 『혈 인자수지』, 『대통령, 풍수 혈로 말하다』에서 참고가 될 것이다. 주된 역할은 좌선과 우선에 따라 다르게 해석된다. 좌선은 명예와 관록을, 우선은 여자와 부를 상징한다. 다만 남자의 예에 따르면 그렇다는 말이다.

여자는 바꾸어서 해석한다. 여자이면서 우선이면 관록과 명예로 해석하면 된다. 박근혜 대통령의 조부모 자리가 우선이다. 우선이지만 대통령이라는 직책과 명예를 가졌다. 하지만 불명예인 탄핵에 대해서는 정치적 발음에 의한 것으로 기운에 대해 운운하는 것은 무리다.

– 좌선: 좌선은 벼슬을 관장한다.
– 우선: 우선룡은 부를 관장한다.

② 선수

선수 또한 선룡과 같은 의미가 된다. 선룡과 선수는 반대적인 개념으로 인식되는 경우가 있는데, 같은 논리로 봐야 한다. 용이 가면 물도 따라가고 물이 가면 용도 같이 따라가는 것이 자연이다.

풍수 현장에서는 합국이라는 논리로 선룡이 좌선이면 선수는 우선이라야 한다는 식으로 평가한다. 이러한 논리는 자연을 그르친다. 물이 가면 용도 같이 가는 자연의 이치가 이러함에도 불구하고, 따로 국밥처럼 따로 노는 것이 좋은 현상처럼 설명되는데 이는 잘못된 상식이다. 따라서 선룡과 선수는 같은 방향으로 흘러가는 것으로, 이는 자연의 법칙이다.

(5) 나타나는 효과

선룡이 확인되면 혈의 여부가 결정되는 요소로 상당히 중요하다. 선룡과 선수는 같이 돌아가기 때문에 산의 섭리만 이해되면 찾아보기가 비교적 쉽다. 선룡은 좌선과 우선으로 구분되며 귀·부·손을 결정한다.

(6) 있는 것과 없는 것의 이해

선룡 선수가 없는 맥은 사용 불가이며, 반드시 있어야만 혈이 결정되는 기준이 된다.

[표 2] 'j' 모양과 선룡 이론의 현장 분석(분석 ○표시)

구분	굽어진 각			선룡		비고
	90°	180°	270°	좌선	우선	
'j'모양						
선룡						

3. 三觀: 3성(三星)

3성은 직접적인 혈증인 6악의 외곽에 붙은 것으로 플러스(+)적인 역할을 하는 사(砂)로 부가적인 의미가 강하다. 기본적인 6악보단 3성이 있는 것에 대한 효과는 엄청나게 배가된 기운으로 존재한다. 또한 요성은 타탕과 파조로 구분된다.

(1) 뜻

3성은 단독으로 이루어지는 것은 아니다. 항상 입수나 전순 선익에 붙어 있어 간접적으로 혈을 돕는 역할이 주 임무이다. 하지만 기운은 선익보다 배가된다. 따라서 3성의 여부는 혈 기운 면에서는 대단하게 다루어진다.

선익에 사(砂)가 붙어 있으면 기운이 커진다. 기운의 정도는 굽어지는 기울기의 각도에 따라 힘의 정도가 다르다. 황금각이 좁아지면 기운은 커지는 반면, 각이 넓어지면 기운은 반감된다. 따라서 좌우의 선익의 각도가 크다면 요성이 붙어 있지 않다는 것을 직감해야 할 것이다.

(2) 모양

요성은 타탕과 파조로 좌우측의 선익에 붙어 있다. 관성은 전순의 아래쪽에 붙어 있다. 귀성은 입수 뒤에 붙어 있으며 모양은 목·화·토·금·수의 5행에 의한 모양으로 되어 6악의 주변에 붙어 있다.

(3) 혈과의 관계

3성은 혈에 강한 기운을 선사한다. 기운의 정도는 배가된다. 붙어있는 것과 없는 것의 차이는 2배 이상의 역량을 보인다. 특히 요성은 8요로 새롭게 해석되는 특징이 있다.

(4) 나타나는 효과

효과는 플러스(+α) 알파적인 역량으로 나타난다. 여건은 3성이 하나로 되어 있는 경우와 여러 개로 되어 있는 것도 있다. 많이 붙어 있으면 있을수록 기운은 배가된다. 특히 관성이나 요성이 여러 개 붙어 있으면 더욱 좋다.

관성이 많이 붙어 있는 곳으로는 최규하 전 대통령의 조상 묘지가 있다. 숫자를 헤아리기 어려울 정도로 많은 관성이 있다. 3성은 흙과 암으로 되어 있다.

4. 四觀: 4상(四象)

혈 4상은 혈의 이름이며, 말 그대로 혈상의 형태이다. 사람은 나면서 이름이 주어진다. 혈도 마찬가지로 명당이라는 칭호보단 혈상에 의한 이름이 되어야 한다. 그런 취지로 볼 때 크게 4가지 형태로 구분된다. 보다 더 세부적으로 분석하면, 각각의 혈은 6가지로 나누어진다.

(1) 뜻

혈상은 와 · 겸 · 유 · 돌의 혈 형태로 구분되며 이름이 지어진다. 혈중 6악에서 이름이 지어지는 주된 요소는 선익이다. 혈의 구분은 선익이 판가름하기 때문이다. 와혈도 선익이 판단하고, 겸혈, 유혈, 돌혈도 선익이 한다.

와혈은 수평으로 보면 선익이 혈을 감싼 형태가 되면서 선룡이 되는 선익과 연결된 전순이 있다. 겸혈은 와혈과 마찬가지로 선익이 혈을 감싼 형태는 같지만 선익 안에 전순이 있다. 이 둘의 차이는 선익에 의한 전순의 위치가 결정된다는 점이다. 유혈은 선익이 혈의 몸체 속에 들어 있으며, 돌혈은 수직으로 돌출되어 있는 점이 독특하다.

이를 현침사라 하는 것으로 그 모양이 이채롭다.

따라서 혈 4상에 대한 이름 규명은 선익이 한다는 대단한 사실이다. 즉, 혈상의 구분은 선익의 판단 없이는 불가능하다. 반드시 선익이 확인되어야 혈의 4상이 구분된다. 선익의 확인 없이는 혈 4상의 이름은 의미가 없다.

(2) 구분

① 와혈

와혈을 위(上)에서 수평으로 보는 형태로는 정와 · 협와 · 변와가, 수직의 깊이로 보는 모양은 천와 · 심와가 있다. 와혈을 순서대로 펼쳐 보면 정와와 천와, 정와와 심와로, 협와와 천와, 협와와 심와로, 변와와 천와, 변와와 심와로 6종이 된다.

② 겸혈

겸혈은 길이로 보는 형태로 장겸 · 중겸 · 단겸으로, 직선과 곡선의 굽어지는 정도로 직겸과 곡겸으로 나누어진다. 세분하면 장겸은 직겸과 곡겸으로, 중겸은 직겸과 곡겸으로, 단겸은 직겸과 곡겸으로 6종이 된다.

③ 유혈

유혈은 길이에 따라 장유 · 중유 · 단유로, 크기에 따라 대유 · 소유로 구분된다. 세분하면 장유는 대유와 소유로, 중유는 대유 소유로, 단유는 대유와 소유로 6종이 된다.

④ 돌혈

돌혈은 크기에 따라 대돌·중돌·소돌로, 산과야로 구분하는 산돌과 평돌로 구분된다. 이를 세분하면 대돌은 산돌과 평돌로, 중돌은 산돌과 평돌로, 소돌은 산돌과 평돌로 6종이 된다.

(3) 구분의 필요

혈 4상을 알아야 재혈이 된다. 혈 4상의 구분됨이 없이 재혈은 의미가 없다. 재혈은 심장과 천장으로 나누어진다. 심장은 유혈과 돌혈에서, 천장은 와혈과 겸혈에서 적용되는 것이 올바르다. 혈상의 구분이 어려우면 장사는 말짱 도루묵이 된다.

5. 五觀: 5순(五脣)

5순은 8요와 함께 장사를 하는 데는 아주 기본적인 요소 중의 하나이다. 장사 때의 5순은 와혈과 겸혈에서 필수적으로 알아야 한다. 이와 더불어 8요는 유혈과 돌혈의 장사 기법이다. 5순을 모르고 장사를 지낸다는 말은 숲을 모르고 나무만 베는 꼴이 된다. 이처럼 전순의 형태는 대단히 중요하므로 5가지 전순의 종류를 꼭 알아야 한다. 얼굴에 있는 턱과 입술이 아주 유사하다.

(1) 구분

전순은 목·화·토·금·수의 5행으로 구분되며 목은 삼각형의 모양으로, 화는 촛불 모양이 3개로, 토는 일자문성의 일(一)자로, 금은 둥근 봉우리의 형태로, 수는 병풍 모양으로 전순의 형태이다. 화형과 수형은 날카로워 꺼리지는 것이 원칙이지만 목형과 금형과 토행은 좋은 전순으로 친다. 다만 금형이 으뜸으로 가장 많고 목형과 토형은 드물다.

(2) 형태

전순의 형태는 5종으로 구분되나, 모양을 고려하여 일직선으로 정하면 된다.

- 목형의 종선: 전순의 뾰족한 부분이 일치되도록 하면 된다. 입수와 혈 그리고 삼각형 전순의 뾰족한 부분을 연결하면 종선이 완성된다.
- 화형의 종선: 삼각형 형태의 전순에서 중앙에 있는 꼭지점을 기준으로 정렬하면 종선이 된다.
- 토형의 종선: 일자 문성처럼 생긴 전순의 중앙을 기준으로 하여 연결하면 종선이 완료된다.
- 금형의 종선: 전순의 둥근 만곡부를 중심으로 입수와 혈과 연결하면 종선이 된다.
- 수형의 종선: 병풍 모양의 전순에 중앙을 기준으로 하여 종선을 그으면 된다.

6. 六觀: 6악(六嶽)

6악이 혈의 이름(성명)을 갈음한다. 혈 4상의 판정이 6악이며 이는 자연에 있다. 서론에서 말한 바와 같이 자연에 없다면 온갖 이설이 판치는 현실이 풍수이지만, 자연에 혈증의 으뜸인 6악이 있다는 사실이 이들을 부정하게 하는 것이다. 이처럼 혈증에 있어서 6악은 대단히 중요하다.

중요하지 않은 혈증이 없다고는 하지만 그중에서도 가장 확실하게 다루는 내용으로서 가장 기본적이면서도 기초적인 요소이다. 6악이 되지 못하면 혈이라 할 수 없다. 혈에서는 가장 필요로 한 것이 6악이고, 3성이나 일관 'j' 자와 2관 선룡이 중요하지만 6악이 갖추어지지 않는 혈증은 의미가 없기 때문이다. 따라서 6악은 혈을 증명하는 혈증 중에 핵이며 핵심이다.

(1) 뜻

6악은 입수 · 입혈맥 · 혈 · 전순 그리고 양선익이다. 입수는 오는 기운을 정제한 후 입혈맥으로 입혈을 하는 의무가 주어진다. 입혈맥은 혈로 전달하는 통로다. 입혈맥의 물길을 갈라 주는 역할이 추가되기도 한다. 다음은 혈이다. 혈증의 요소 중 가장 중요한 것이 혈이며 혈이 완성되는 종착점으로 마지막 마지노선이다.

다음은 전순으로 기운의 멈춤이 있도록 하는 마지막 역할이다. 풍수 고전의 그림에선 전순이 보이지 않는다. 6악인 선익은 혈증의 요소 중 으뜸이다. 혈의 이름을 판단하고 혈명을 성명하는 요소가 선익으로 혈증의 주요한 요소가 된다.

(2) 역할

입수는 혈증의 최상위에 위치하는 요소로 기운을 정제한 다음 입혈맥으로 입혈하는 역할을 한다. 입혈맥은 기운이 완전하게 혈로 진입되도록 하는 통로가 되며, 물을 분산시키는 일을 주로 한다. 입혈맥이 없으면 물이 갈팡질팡하여 물길이 엉망이 되므로 대단히 중요한 역할을 한다.

혈은 기운의 종착점으로 마지막 단계로 가장 중요하다. 혈의 핵심이 되는 6악 중의 가장 중요한 1악으로 기운의 집합 정도를 체크하는 기관으로 혈의 핵이다. 와혈에서 전순은 기운이 새어 나가지 못하도록 하는 역할이 주 임무이다. 기운이 새어 나가면 혈의 생명은 다한 것으로 기운이 빠져나간다는 것은 의미가 없다.

선익은 2개로 혈의 외측에 위치하는 요소로 좌우로부터 바람이나 물의 침범을 막아 주는 역할을 할 뿐 아니라 기운이 새어 나가지 못하도록 하는 방어적인 수단도 겸한다. 혈 4상의 이름도 선익이 판정한다.

이처럼 혈증인 6악은 어느 하나 중요하지 않는 것이 없을뿐더러 각 요소의 할 일이 있는 혈증으로 혈의 판가람, 완성도를 높이는 각각의 1악들이다.

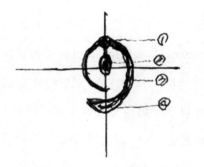

[그림 3] 6악의 요소

①은 입수, ①과 ②사이는 입혈맥,
②는 혈,
③은 좌선익,
③의 반대쪽은 우선익,
④는 전순, 그 아래는 관성.

(3) 종류

① 입수

입수는 입수맥을 통해 들어오며 약간 높다. 측면에서 바라보면 높은 곳이 우뚝 서 있는 봉우리처럼 보인다. 이를 수직으로 쳐다보면 보이는 것이 입수다. 일반적으로 입수는 탱글탱글하다고 표현하는데, 양명함을 나타낸다. 나지막한 맥으로 연결되기 때문에 물을 갈라 주기도 하는 역할을 함으로써 밝게 나타나는 것이다.[2]

거친 용을 통과한 맥은 입수에서 부드럽고 적정한 기운으로 정제한 다음, 연결 고리인 입혈맥으로 전해진다. 이처럼 입수는 기운이 거칠면 부드럽게 하고, 약한 기운은 강해지도록 하는 역할을 한다. 입수가 튼실하지 못하면 기운이 상실되어 하단부 조직인 입혈맥으로 올바르게 연결이 되지 못한다. 혈장에서의 입수 역할은 맨 처음으로 출발하는 맥으로서 대단히 중요하다.

2　양명하다는 것은 상대적인 비교로 물길보다 밝게 보인다는 것을 의미한다. 절대적인 비교가 아니다.

② 입혈맥

입혈은 입수에서 혈로 내려온 기운이다. 입혈맥은 입혈이 통과된 경로로서 혈까지 들어가는 통로의 기관을 의미한다. 입혈맥이 없으면 물을 분수해 주지 못한다. 물의 분수는 맥을 양명하게 할뿐더러 1분합의 완성도를 높이는 역할을 하기도 한다. 좌측과 우측의 물길을 구분하는 역할도 입혈맥이 한다. 따라서 입혈맥의 부실은 분수척상(分水脊上)의 역할도 하지 못하는 형편없는 행위로 혈이 생성되지도 못한다.

③ 혈

풍수 논리상 가장 핵심적인 요체가 혈이다. 혈은 혈장 속에 존재하는 중심체로서 기운을 저장할 뿐만 아니라 풍수인들이 말하는 발복의 기폭제가 되는 혈증 중의 가장 중심이 되는 요소이다. 일반적인 혈은 혈장 속의 알맹이를 의미하는 것이다. 따라서 혈은 혈증의 가장 한가운데에 자리 잡은 핵으로 혈장의 요체다.

④ 전순

전순의 중요성은 기운의 정지이다. 일반적으로 기운의 흐름은 상에서 하로 흐른다. 최하단부인 전순은 기운이 정지하도록 하는 역할을 한다. 그들이 j 자와 전순이다. 전순이 없는 혈은 없다. 그만큼 전순은 필수의 혈장체가 된다.

⑤ 양 선익

좌선익은 왼쪽에서 시작되어 오른쪽으로 돌아가는 선익을 말하며, 우선익은 오른쪽에서 시작되어 왼쪽에서 끝나는 모양이다. 큰 쪽의 선익이 선룡을 좌우하는 것이 일반적이다. 하지만 꼭 그런 것은 아니다. 경상북도 칠곡군 지천면에 있는 광주이씨 입향조는 작은 선익에 의해 전순이 연결되는 특별한 사례도 간혹 발견된다.

7. 七觀: 7다(七多)

(1) 종류

'들었다', '벌렸다', '붙었다', '돌았다', '떨어졌다', '안았다', '멈췄다' 등 '다'로 끝나는 것이 7개로 많아, 많을 '多'로 소제목을 정해 표현했다.

- 들었다: 입수가 들린 형태이다.
- 벌렸다: 입수에서 좌우 선익으로 벌린 상태이다.
- 붙었다: 3성이 입수전순 양선익에 붙은 경우이다.
- 돌았다: 가장 중요한 것으로, 혈을 중심으로 선익이 돌아야만 보호는 물론 혈이 둥글게 되는 원리를 의미해서 붙인 이름이다.
- 떨어졌다: 용어는 좌우의 선익이나 전순이 떨어져야만 돌기 때문에 떨어진 이치를 확인하기 위한 표현이다.
- 안았다: 큰 선익이 작은 선익을 안아야만 혈이 응축된 형태가 된다.

– 멈췄다: 전순이 완료된 형태가 멈춘 경우이다. 자세한 모양은 다음 그림과 같다.

[그림 4] 7다 원칙

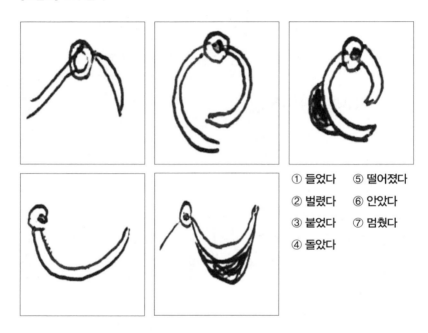

① 들었다   ⑤ 떨어졌다
② 벌렸다   ⑥ 안았다
③ 붙었다   ⑦ 멈췄다
④ 돌았다

(2) 나타나는 효과

7다 원칙이 되지 않는다면 혈의 생산은 불가능하다. 각 요소들의 기능이 이 원칙이 있어야만 되기 때문에 7다 원칙이 없으면 혈은 생성되지 않는다.

8. 八觀: 8요(八曜·八嶢)

8요는 5순과 함께 장사를 진행할 때 필수적으로 이해해야만 올바른 진행이 된다. 8요는 와혈과 겸혈의 장사 시에 좌우 선익과 8요를 이해해야만 올바른 장사가 된다. 기운을 가진 8요에 대한 힘을 받아야 하는 조건 때문에 심장을 하는 이유가 여기에 있다.

혈증의 기본인 6악만 있는 것과 8요가 붙어 있는 것과의 장사상 차이는 크다. 격이 판이하기 때문이다. 8요는 파조와 타탕으로 구분된다. 파조와 타탕은 좌우 선익에 붙어 있는 것으로 8요가 없는 것도 있다. 이들의 숫자가 8개로 8요라고 풍수고전이나 근래의 서책에서도 전해지고 있다.

(1) 뜻

좌우의 선익이 2개로 3종이 있어 8개가 된다. 개수는 $2 \times 2 \times 2 = 8$이다. 왜 8요를 알아야 하는가에 대한 문제는 재혈 시 깊이에 대한 짐작이다. 와혈의 경우 8요가 붙어 있으면 선익을 기준으로 하는 것이 아니라, 붙은 요성을 기준으로 재혈의 깊이를 산정해야 한다. 이에 따라 8요를 모르는 무지 상태에서의 재혈은 깊이에 따른 피해가 발생한다. 재혈의 깊이가 깊어도 문제가 되며, 얕아도 문제가 되기 때문이다. 이처럼 하자를 예방하는 차원에서도 8요를 알아야 한다. 8요, 3성, 5순을 알아야 올바른 장사가 된다. 이러한 사실을 모르고 장사를 지낸다는 것은 효과적 측면에서 한번 다루어 봐야 할 것이다.

(2) 종류

8요는 선익에 붙어 있는 3성으로 8개의 형태가 있다. 좌측 선익과
우측 선익에 각각 3개가 되는데, 요성이 없는 것, 파조 모양, 타탕
모양으로 같은 형태가 되거나 교차되거나 혹은 없는 요성과 혼합되
어 구성된다. 물론 요성이 없는 것보단 있는 것이 품격이 높다. 파조
보단 타탕이 높다.

(3) 혈과의 관계

8요가 있으면 플러스알파(+α)적인 효과가 있다. 혈의 외측을 단단
하게 하는 역할과 안전의 우려가 감소된다. 선익만 있어도 혈이 완료
되지만 8요가 붙으면 이중으로 보완되기 때문에 상당한 의미가 있다.
기운의 역량이 배가되는 것은 당연하다. 선호하는 조건이 따로 있는
것이 아니라 3성이 붙은 혈증은 그만큼 유리하기 때문이다.

9. 九觀: 9수(九宿)

9수는 28수에서 따온 용어다. 혈증의 기본인 6악을 5수로 하고, 4
수는 3성에서 따와 9수로 표현한 것이다. 5수는 무조건적으로 필수
이며 4수는 있는 것도, 없는 것도 있을 수 있으므로 재차 확인해 보
는 재미가 있을 것이다. 9수가 있다면 완벽한 것이다. 9수를 재음미
하는 차원에서 다루면 될 것으로 보이며, 수를 붙인 이유는 별을 상

징하기 때문이다.

6악은 혈의 여부를 결정짓는 요소로 가장 중요하다고 누차 강조한 바 있으며 필수적인 필요조건이다. 이에 비해 3성은 간접적으로 적용되는 충분조건이다. 따라서 혈을 찾는다면 6악인 입수, 전순, 선익, 입혈맥, 혈과 3성인 귀 · 관 · 요를 반드시 숙지하고 이해해야 한다. 각각의 임무는 이해가 되어야 하며 상호 보완적으로 적용된다고 생각되면 현명한 해석이 되리라 본다.

6악과 3성이 있으면 혈의 완성도가 높아지는 것이다. 필요조건과 충분조건을 갖춘 무결점의 혈이 탄생되는 것으로, 이를 두고 6과 3을 합한 수로 9수가 된다. 3성이 있는 6악은 그야말로 온전하고 완전한 혈이다. 9는 숫자로 보아도 빈틈이 없고 萬(큰 수)의 수리다. 9수가 완비된 혈은 드물다. 찾기가 쉽지 않을 뿐 아니라 상당히 귀한 혈인 만큼 재차 논하여 상기하는 마음으로 재론이 되었다.

10. 十觀: 10장(十葬)

10장은 장법에 대한 열 가지 이론이다. 장사 · 재혈 · 성토 · 관곽 · 석회 · 숯 · 삼투압(鹽) · 잔디 · 목저 · 마음 정리 등에 대한 각각의 내용이다.

(1) 장사

① 장법

장법의 핵심은 누가 무슨 소리를 하더라도 수작업이며, 그것이 최고의 미덕이다. 장비를 대는 작업 자체가 일단 마이너스적인 요소가 되고 그에 따른 피해는 크다. 땅이 울리고 주변이 훼손되기 때문이다. 지표면이나 땅의 조직이 깨진다면 문제가 하나둘이 아니다. 물이 들어가고 파괴되어 혈이 망가질 가능성이 있다.

장사는 쉬운 것이 아니라 어렵다. 묘지 안에 물이 들어가면 문제가 생긴다. 관곽은 결로 현상이 생긴다. 두 번째, 바람이 들어가도 문제가 된다. 세 번째, 6렴이 되어도 문제가 따른다. 네 번째, 너무 깊게 묻거나 얕게 묻어 시신이 지온의 변화를 받으면 문제가 있다. 다섯째, 천광 시 장비 등으로 땅이 울리거나 손상되면 묘역이 훼손된다.

이외에도 여러 가지 문제가 따라오므로 조심해야 한다. 먼저 물이 들어가는 것을 방지하기 위해서는 3번 이상의 디딤이 요구된다. 흙을 넣는 중간중간에 장비가 아닌 사람에 의해 꼭꼭 밟는 발 디딤을 하여야 물과 바람의 피해를 최소한으로 줄일 수 있다. 흙은 삼투압 작용을 한다. 디딤을 해야 하는 이유가 여기에 있다.

6렴의 문제점은 혈을 찾아 장사 지내면 해결된다. 혈은 6렴이 들지 못하게 설계된 것과 같은 조직체로, 침범에 의한 피해가 들지 못한다. 6렴은 혈이 아닌 곳에 장사를 지내면 피해가 따른다. 이는 필연이다. 깊이에 따른 천공은 혈격을 반드시 알고 장사를 지내야 한다. 와혈과 겸혈은 선익과 8요를 기준으로 천장이 되며, 유혈과 돌혈은 5격을 기준으로 한 전순의 이해가 필요하다. 심장으로 하는 이유가 여기에 있다.

필자는 지금까지 장사를 10곳 미만으로 했지만 100% 수작업으로 실행했다. 장비로 작업을 하면 땅이 훼손되며 울리면 피해가 예상된다. 땅 조직의 훼손을 최소화하는 방법이 수작업이다. 수작업은 원시적인 방법으로 괭이나 호미로 하는 수단이다. 많은 힘과 시간 그리고 경비가 들지만 이렇게 하지 않으면 의미가 없다. 묘역의 정리는 장비로 하는 것이 가능하지만 재혈만큼은 반드시 수작업으로 해야 한다.

② 차양 설치

당일 비가 온다면 문제가 하나둘이 아니다. 천광을 아무리 잘한다고 한들 물이 들어가면 혈의 효용 가치가 떨어진다. 장사 시 날이 좋든 싫든지 간에 비를 막을 수 있는 천막은 반드시 준비하여 천광 안에 물이 들어가지 않도록 조치를 해야 한다. 최소한 고인에 대한 배려가 이런 것이다.

아무것도 아닌 것처럼 생각되지만, 풍수인은 이러한 부분에 대해 세밀한 계획을 세워 장사를 이끌어야 한다. 하찮은 일 같지만 만일의 사태에 대비하는 준비가 되어야 한다. 천막 등 준비 없이 장사하다가 비를 만나 천광에 물이 들어간다면, 고인과 상주 등에 대한 피해는 말로 표현하거나 돈으로 보상할 수가 없다. 유비무환(有備無患)이 전장에서만 필요한 것이 아니다.

다음은 하늘의 문제다. 태양이 너무 작열해도 문제다. 격한 태양을 차단하기 위해서는 차양을 설치하여 태양의 열을 반감토록 하는 것이 좋으며, 작업을 하는 인부들에게도 종종 휴식이 될 수 있는 그늘은 상당히 의미가 있다.

(2) 재혈
① 수평
혈이 되어야 한다는 전제하에 장사가 되어야 한다. 장사는 먼저 혈증을 이해하고 시작해야 하는데, 종선과 횡선을 그으면 그 중심이 혈의 핵이 된다. 종선은 입수와 전순을 일(l)자로 그으면 된다. 횡선은 한일자(一)로 그으면 된다. 교차점 + 가 생기면 그 + 를 사자(死者)의 배꼽이나 낭심에 맞추면 된다. 종선과 횡선에 의한 + 자는 수평에 의한 첫 번째 재혈의 방법이다.

② 수직
수직의 재혈은 선익과 전순의 이해가 먼저다. 선익은 와혈과 겸혈에 필요하며, 전순은 유혈과 돌혈에 의한 재혈 측정의 기준이다. 먼저 이 부분을 이해해야만 수직의 재혈이 결정되기 때문이다. 선익이나 전순의 이해 없이는 불가능하다. 수직에 의한 천공을 위해 혈 4상에 의한 혈상이 먼저 결정되어야 하는 이유가 여기에 있다.

와혈과 겸혈은 얕게 파는 천장이 되어야 하며 그 깊이는 대략 1m 내외로 깊지 않다. 이에 비해 유혈과 돌혈은 깊게 파는 방법의 심장을 하여야 하는데, 혈 5격을 반드시 알아야 한다. 5격(5순)은 전순의 모양으로 깊이를 이해해야 하고 일반적으로 1.5m 정도로 비교적 깊다. 재혈이 완료되면 봉분 등 마무리를 하면 된다.

(3) 봉분의 모양

가장 자연적이고 원시적인 모양이 평장으로 으뜸이다. 하지만 묘지 조성의 추세나 상주들의 요구에 응해 봉분을 조성한다면 피라미드의 각도를 응용하는 것이 좋을 듯하다. 이 각도를 활용하면 사람에 의한 인공 '기'가 생성된다는 연구가 있고 실제로 그러한 데이터가 있다.

피라미드의 각도가 51°52″으로 책정되어 있다. 필자가 확인해 본 각도는 신라 왕릉에서도 나타난다. 우연의 일치인지는 몰라도 조선 왕릉은 더 완만하다. 실제로 이 각도를 유지하면 봉분의 안전성은 높아지는데, 현실은 조금 염려스러운 부분도 사실이다.

(4) 성토 및 석회
① 성토

성토는 아무도 주장하지 않는 분야다. 오직 필자만 주장하는 것이 아닌가 한다. 자연은 자연 그대로 두는 것이 최고 최선이다. 그런데 혈을 찾아 봉분을 만들면 자연은 훼손되게 마련이다. 지표면이 지상 위로 올라가 봉분이 조성된다면 나머지 혈증은 그대로 놔두어야 하는 문제가 생긴다. 바람과 물의 피해 등을 최소화하는 원칙은 자연의 훼손을 줄이는 것이다.

어떻게 하여야 하는가에 대한 해결 방안이 필요하다. 혈증인 6악이 있는 곳에 장사를 지내고, 1악인 혈이 위로 올라가는 봉분이 생긴다면 그 나머지에 대한 5악은 어떻게 하여야 하는가에 대한 문제 제기다. 1악인 혈이 지표면 위로 올라가 봉분이 만들어진다면 나머지 6악에 대해서도 흙으로 성토를 해 주어야 하는 문제가 남는다. 성토는 반드시 필요하다.

　지상에 없는 봉분이 올라가면 바람이 분다. 바람이 불면 봉분은 풍 (風)의 피해를 받는다. 이를 방지하는 차원에서도 나머지 5악에다 흙 을 올려 주는 성토는 필연이다. 혈증인 6악에 대해서 성토는 반드시 필요하다. 따라서 혈이 되어 장사를 지내는 곳에는 혈증 6악에다 성 토를 해 주어야 하며, 혈이 아니라면 의미가 없다.

　② 석회

　석회는 필수 자재이다. 물의 침범을 막아 줄 뿐만 아니라 6렴의 피 해도 줄여 주는 역할을 한다. 재혈이 끝나면 흙으로 마무리를 하고 지표면의 높이까지 흙을 놓은 다음 그 위에다 석회 100%를 20㎝ 정 도 덮고 깔아 준 다음 다시 위에다 흙으로 재차 덮은 다음 지압하면 된다. 간혹 석회와 흙을 혼합하여 관곽에 채우는 경우가 있는데, 그 방법은 무리가 있다. 혈이 되는 곳에서의 재혈 주변은 염의 피해가 없으므로 관곽에는 필요가 없다.

　지상부에 물의 침투가 염려되기 때문에 이곳에다 석회의 처리가 필 요한 것이다. 석회는 ph7 내외로 중성이다. 산성 토양은 알칼리가 많 이 부족한 토양이다. 산성 토양은 중화가 되어야 온전한 토양이 되는 데, 이 역할을 석회가 대신한다. 산성화된 토양에는 석회가 토양을 개량하므로 복구하는 차원에서도 상당한 도움을 준다.

　산성화된 토양은 사자에게 이로운 것이 없다. 시신은 중성토양이 가장 선호되는 토양층이다. 따라서 석회의 사용은 2가지 차원에서 이롭다. 석회는 염을 차단할 뿐만 아니라 토양을 개량하는 역할로 이

중적인 효과가 있다.

(5) 관곽

왕릉에는 관곽을 사용했다고 하지만, 민가에서는 주로 관만을 사용했다. 가장 좋은 방법은 관곽을 사용하지 않는 몰관이다. 관이 없다는 의미로 시체만 묻는 방식이 가장 좋다는 것이다. 죽으면 빨리 흙으로 돌아간다는 윤회 사상이 들어 있다. 하지만 지금도 대부분 화장을 하는데도 불구하고 보기 민망하다는 핑계로 관을 활용한다. 이는 재료의 낭비뿐만 아니라 돈의 논리나 탄소 중립의 의제에서도 문제가 있다. 따라서 몰관의 방법이 우선되어야 할 것이다.

다음은 합성관의 사용이다. 장례식장에서는 시대의 흐름에 따라 화학원료와 나무를 합성한 합성관을 사용하는데, 근본 폐단이 있다. 시신은 살아 있는 사람과도 같다. 집 안에 활용한 합성 페인트 등은 인체에 좋을 리가 없다. 죽은 사람도 같은 원리가 되어야 하는데, 두툼한 합성관을 이용한다. 이러할 경우 시신의 육탈은 물론 시체에도 좋은 영향을 끼치지 않는다. 남의 눈을 의식해 고가의 합성관을 이용하지만 실상은 문제가 따르는 것이다.

잘못된 사고는 고쳐야 한다. 또한 합성관은 부패가 쉽게 되어야 하는데도 불구하고 화학제품으로 인해 나쁜 악취와 부산물만 양산됨을 이해해야 할 것이다. 이러한 처사는 상주의 아픔을 증가시키는 산물로, 장례 상권의 문제도 대두된다. 합성관은 화장을 해도 문제가 되고, 결로현상도 있다.

(6) 숯과 삼투압

① 숯

숯은 재혈의 최하단부에 10㎝ 정도로 깔아 준다. 만에 하나 습기의 침투가 염려되므로 이를 방어하는 차원에서도 숯은 필요하다. 흡수하고 물을 조절하는 작용을 숯이 하고 있다. 따라서 장사 시에 숯을 활용하는 것이 아주 적절하고 긍정적이라 생각된다.

② 삼투압(염)

소금의 필요성이 대두된다. 소금은 흙과 함께 삼투압 작용을 한다. 습기를 빼 주는 역할이 있으므로 소금을 적절하게 사용하는 것은 이롭다. 특히 흙이 훼손되면 물의 투입이 염려된다. 장사를 마무리하고 나서 물의 합수 지점에다 일정량의 소금을 뿌려 주어 물을 흙 밖으로 나가도록 하는 역할의 소금 처리가 의미 있다고 본다. 장사를 주관하는 풍수인들은 한 번쯤 실행해 보는 것이 좋을 듯하다.

(7) 토양 소독

장사하는 곳이 혈인 곳에는 토양 소독이 필요하다. 토양 살충제로 지표면에 살포하여 정리하여야만 벌레 등의 발생을 방지할 수가 있다. 지표면 10㎝에는 태양 등으로 산화가 되어 벌레 등이 서식한다. 땅속 깊이에는 벌레가 들어갈 수 없지만, 얕은 지표면에는 벌레가 있다. 토양 살충제 등으로 처리하여 벌레를 차단하는 것이 좋다.

아무리 좋은 혈이라 해도 지표면은 흙이 오염되어 있어 해충이 있으므로 살충을 해야만 한다. 일반 풍수인들은 이러한 사실에 대해 무감각 상태로 방심해 벌레의 서식 자체도 몰라 인지하지 못하고 있다. 이처럼 세세한 부분까지 준비가 되어야 할 것이다.

(8) 잔디와 목저
① 잔디

잔디는 봉분과 절하는 부분 등 평탄지에 처리하여야 한다. 잔디는 흙의 유실 방지가 목적이다. 가능하면 평떼를 심어 주는 것이 유리하다. 줄로 심는 줄떼는 시간이 지나야 완성되므로 짧은 시간에는 한계가 따른다. 다음은 심는 방법론이다. 경사지와 일치되지 않도록 하는 방향으로 심어야 한다. 경사지 방향으로 심으면 물길이 형성되어 피해가 있으므로 이러한 피해를 방지하기 위해서는 역방향(+ 방향)이 되도록 하여 잔디를 심으면 된다.

② 목저

묘지의 봉분은 경사가 크다. 경사가 있으면 흙이나 잔디는 무너진다. 나무젓가락은 무너짐을 예방한다. 봉분이나 평탄지에 경사가 이루어지면 목저를 활용하여 무너짐을 다스리면 된다. 잔디를 입히고 나서 경사진 곳에다 목저를 활용하여 지탱해 주는 방법이다. 이 방법은 노력에 비해 활용도가 높다. 따라서 경사지에는 목저를 사용하여 무너짐을 예방하는 것이 좋다.

(9) 나무 심기와 주변 정리
① 나무 심기

나무 심기는 봉분의 전방에 심는 것이 좋다. 수종은 꽃이 아름답고 100일 동안 피는 자미를 심으면 좋다. 자미(紫微)는 풍수적으로도 의미가 있지만 배롱나무를 자미(紫薇)라고도 하여 의미가 재미있다. 식물이기 때문에 '微' 자에 풀 '艸'자를 붙여 이름을 명명한 것으로 판단된다.

자미는 여러해살이 나무로 한번 심으면 나무의 줄기도 고운 티가 나며, 나무의 값어치도 부가된다. 양양화 · 양양수 · 해당수 · 만당화 · 자형화 · 양반나무 · 간질나무 등 여러 가지 이름이 있는데, 그만큼 봉분 주변에 많이 심는 수종으로 알려져 있다. 자미는 하늘의 별인 북극성에서 왔다는 풍수적 의미를 아는 이가 많지 않다. 묘지 앞에 7그루 정도 심으면 보기에도 한결 좋을 것이다.

※ 소나무의 식재

소나무는 잔디가 있는 곳에는 문제가 있다. 소나무 뿌리와 잎에서 '갈로타닌'이 분비되므로 진달래와 철쭉은 자라지만 다른 식물은 자라지 못한다. 특히 잔디는 활착율뿐만 아니라 성장을 하는 동안에도 제대로 성장을 하지 못한다. 물론 그늘 속에서도 성장이 느린 것도 있지만 제초 성분에 의한 피해가 더 크다. 갈로타닌은 제초 성분이 있어 봉분 위에 심어진 잔디는 시간이 흐를수록 말라 죽는다.[3]

산에서는 소나무가 많은 무리로 존재하여 갈로타닌의 배출

이 많아 잔디의 피해가 초래된다는 사실에 대해서 아는 사람이 별로 없다. 소나무는 가정에서도 마찬가지로 몇 나무 정도는 가능하지만 많은 수의 소나무를 심는다면 잔디는 물론 그 집에서 잠을 자는 사람에게도 좋은 영향은 아니다. 잠을 자는 방에서는 거리를 둬서 심는 것이 좋다.

　생명에 영향을 끼친다는 사실을 이해하여 실생활에 응용하면 힐링이 될 것이다. 가정의 면적이 여유 있다면 무난하나 협소하다면 심는 본수를 조절하는 지혜가 필요하다고 본다. 따라서 봉분에 잔디를 심는다면 소나무의 식재는 삼가는 것이 좋다.

3　위의 책, p.298.

② 주변 정리

주변 정리가 필요하다. 다 된 밥에 코 빠지는 것이 아마도 이것이리라 생각된다. 가장 중요한 사항이라 해도 과언이 아니다. 훼손된 것은 자연에 근접하게 복구를 해야 하며, 청소 등 마무리가 깨끗하게 되어야만 상주들에게도 고인에게도 기본적인 예(禮)를 갖춘 장사가 될 것이다. 이를 무시한 주변 정리 없는 마무리는 올바른 마무리가 아니다. 물론 힘든 과정이지만 마지막 마무리가 올바르게 되어야 그날의 끝과 앞날의 행복이 희망찰 것이리라 믿는다.

③ 잡초와 쑥 제거

잡초는 죽지 않는다. 씨가 날아오는 것이 아니라 땅속에서 쉬고 있다가 기회가 되면 싹이 튼다. 이른 봄 제초 처리를 하는 것이 좋다. 쑥은 문제다. 일일이 뽑아 주거나 제초를 해야 하는데 쉽게 없어지지 않는다. 뽑고 나머지는 제초로 비닐장갑을 끼고 약물을 쑥에다 발라 자연 고사되도록 한다. 이렇게 하면 잡초와 쑥은 말끔히 해결된다. 방치해서 놔두면 완전한 쑥대밭으로 변해 묘지 관리는 엉망이 되어 문제가 된다. 조기에 제거하는 것이 최고의 방법이다.

봉분 주변에 소나무가 있으면 잔디 관리는 어려움이 있다. 제초 성분이 소나무 갈비에 있기 때문이다. 그래서 봉분 주변에는 소나무보다는 다른 수종의 나무를 심어야 잔디가 생육한다.

(10) 수의와 마음 정리

① 수의

죽음을 앞두고는 목욕하는 것이 좋다. 본인이 하기 어려우면 가족들이 도와서라도 목욕을 시켜 드리는 것이 좋다. 수의는 나일론이 아닌 목으로 된 수의가 좋다. 나일론 옷은 육탈 시 몸에 감겨 모렴이나 목렴과 같은 좋지 못한 결과가 도출되므로 삼가고, 준비가 되지 않았다면 평소 편하게 입는 옷으로 준비하거나 본인이 입고 있는 옷으로 하면 된다. 장례식장에서 큰돈으로 구입한 것은 지양하는 것이 고인에게도 좋다.

필자가 고학년으로 올라갈 때 선생님이 하신 말씀이 있다. 시험은 폼을 잡는 것이 아니라 시험을 잘 보는 것이 목적이니 새 옷을 입는 것보다 평소 편한 복장으로 입고 가서 시험을 보라는 것이었다. 이는 고인에게도 똑같은 의미로 적용된다. 생각을 하나만 더 해 보면 옷이 없던 원시시대에는 어떻게 했는지를 이해하면 가능할 것이다. 자본주의의 개인숭배는 사람에 의해 이루어진 것이 사실이다. 이 점을 잘 이해하면 특별한 수의는 의미가 없을 것이다.

② 마음 정리

사고사가 아닌 자연사는 본인에게 마음과 몸의 정리가 필요하다. 단식과 병행하여 회충약의 복용이 필요하다. 복용은 2차례 정도가 좋고 무난하다. 몸속을 깨끗하게 정리한다는 것은 사후에 후손들의 기운 면에서도 유리하기 때문이다. 죽음을 앞두고 불필요한 요소를 가능한 사전에 정리하면 완전하면서도 깨끗한 육탈이 될 것으로 보인다. 그래야만 몸도 마음도 안정이 되면서 편안하게 사후가 정리될 것이다.

존엄에 대한 자연사는 인간의 마지막 권리다. 이런 차원에서 사고사나 병사, 자살 등 피치 못할 사고사는 국가적인 차원에서도 가능한 예방되어야 할 것이다.

※ 혈증 십서 이외의 혈증

혈증 십서 이외에도 혈증의 종류는 많다. 깊이 있는 연구가 되어야 할 것이다. 그들은 다음과 같다. 혈격(5격, 8격), 입수맥, 계명, 계수, 입(평)맥, 황금비율과 금강비율, 황금각 상분

하합, 입수 종류, 음중양, 시울, 금지 사항.

※ 혈증에 의한 배점

혈증인 6악은 직접적인 혈이며 기본으로 여기서부터 출발한다. 간접적인 3성은 플러스알파(+α)적인 요소로 점증한다. 따라서 6악은 혈을 제외하면 5수로 산정하고, 3성은 요성이 좌우로 4곳이므로 4수로 하여 9수가 된다. 6악이나 3성은 경우의 수가 같다.
 - 6악은 5수로 산정
 - 3성은 귀성 · 관성 · 요성 2개로 4수로 산정
 - 요성은 타탕과 파조로 구분하여 플러스알파(+α)적으로
  산정

배점 기준

관리자:　　　　　　　　위치:

구분	혈증 6악 (100%)	3성(각 10%, 요성은 차등)						5순	9수	점수	비고
		귀성	관성	요성(8요)							
				파조(9%)		타탕(11%)					
				좌	우	좌	우				
음혈	와혈										
	겸혈										
양혈	유혈										
	돌혈										

3부

혈증 십관
(穴證 十觀, 답관踏觀)

답관을 하는 이유는 간단하다. 본인과 후손의 영달이 목적이다. 경제적 부가 2만 달러가 넘으면 웰빙이 대세이지만, 3만 달러가 넘으면 가드닝의 시대다.[1] 묘지가 꼭 그런 것은 아니지만 인간의 마음 자세가 그러한 생각이 되어야 할 것이다. 이러한 차원에서 혈을 이해해야 웰빙이나 가드닝이 될 것이다.

혈증 6악이 뚜렷한 묘지들은 다음과 같다. 영천 IC, 남안동 IC, 다부동 IC, 해인사 IC, 성산 IC 강장군 묘지, 박희도 조부의 묘지, 김번 묘지, 청룡 줄기 임유손의 묘지, 임실 박사마을, 정연방 근처 돌혈, 합천 댐 부근의 방씨 묘지, 안성 해주오씨 돌혈, 문경 측량 박물관, 경북도청 후면, 검무산, 안동 구룡산, 김관용 경북지사, 경북 단밀 생지, 경북 칠곡 이집의 묘지, 김천 농소 민묘, 손정의의 증조 묘지, 김계원 비서실장의 조상, 김계원 실장 묘지의 건너 민묘, 신봉길 인도대사의 증조, 최형우 내무장관의 조부모, 이상배 서울시장의 증조, 성주 월항 유월리 산, 현릉 태봉(충청도 가야산), 정몽주 부친 묘지(영천 임계서원), 연천 허목의 조부, 역대 대통령의 생가와 조상 묘지.

이들 묘지 중 11개소에 대해서는 혈증에 따른 분석으로 설명할 것이다. 나머지에 대해서는 답관자들의 노력 여하에 따라 분석이 달리 해석될 것이다. 아름답고 건강한, 행복한 답관이 될 수 있도록 많은 참고가 되었으면 한다. 혈2자리[2]를 찾는 노력이 필요할 것이다.

1　현진, 『수행자와 정원』, 담엔북스, 2022, p.185. 재인용.
2　대통령 조상들의 묘지에서 혈증이 발견됐다. 혈이 2개 이상으로 대통령이 탄생된 의미로 2자리를 나타낸 것이다.

1. 영천 IC

  필자가 가장 관심을 가지며 관산을 다니는 곳이 이곳이다. 묘지는 도산(盜山)에 장사했다. 남의 산에 산주의 허락 없이 도장한 곳으로, 그 당시의 지관을 여러 차례 찾았지만 만날 수는 없었다. 아마도 고인이 되었을 것으로 추정된다.

  영천 IC에서 영화배우 고 강신성일의 마을을 향해 진행 방향으로 3㎞ 정도 올라가면 된다. 여기에서 같은 방향으로 산을 향해 아스팔트 포장길로 1㎞ 정도 더 진행하면 차를 세울 여유 공간이 길 좌 · 우측에 있다. 차를 세우고 우측 길로 산을 향해 진입하면 크지 않는 저수지가 있다. 저수지 위 여러 기의 묘지가 나타나는 곳에 존재한다. 아래와 같은 혈증이 분석된다.

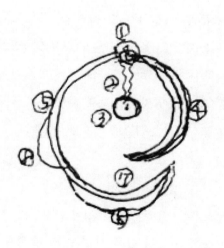

[그림 5] 영천 IC의 혈증

(1) 'j'

'j' 자가 가장 중요한 것으로 'j' 자가 되지 못하면 의미가 없다. 즉, 'j' 자가 되어야 혈의 결지 여부를 판단하는 다음 단계로 넘어가는데, 이곳에는 그러한 흔적(① · ⑤ · ⑦ · ⑧)이 나타나는 곳이다. 역 'j' 자가 나타난다. 원을 그리면서 둥글게 진행하여 좌측으로 마무리된다. 전형적인 역 'j' 자 모양의 낚시 고리와 닮은 곳이 여기다.

모양이 평평하게 생겼다. 마무리가 완료된 모양으로 형태가 볼록하게 생겨 흐름이 유심히 보면 확실하게 나타난다. 볼록(凸)하게 형성된 돌기가 봉분을 중심으로 돌아가는 원형이 분명하다. 필자가 이상과 같은 설명을 말하면 일행들이 인정하고 이해하는 현장이다. 형태는 필자가 주장하는 서책 『혈 인자수지』의 표준형으로서 보기 좋게 생겼다.

(2) 선(旋)

'j' 자가 도는 모양이다. 우측에서 출발된 형태가 낚시 고리 모양을 그리면서 왼쪽 가장자리로 마감했다. 돌아간 형태가 오른쪽으로 돈 곡선으로, 오른쪽 팔로 움직이는 우선의 용이다. 물도 같은 방향으로 도는 우선수다. 선룡 선수가 모두 우선으로 시작되어 좌측에서 마무리가 됐다. 우선은 부와 같은 의미가 있지만 실제로 확인된 바는 별로 없다. 기회가 된다면 추가적인 확인이 필요할 것으로 생각된다.

(3) 3성

별은 혈을 간접적으로 도움을 주는 혈증이다. 관성이 돋보인다. 요성(⑧)도 존재하지만, 관성(⑤)이 비교적 크며 그 아래는 낭떠러지로 맥의 존립이 멈추어 맥선이 끝이 났다. 특히 ⑤의 관성은 엄청나게 큰 규모로서 대단하다. 과유불급(過猶不及)이란 말이 나올 정도로 규모가 대형 장군 바위이다. 좌측 요성은 보이지 않는다. 우측 요성(⑧)은 흙으로 되어 있지만 탁(托)의 형태로 되어 있다. 탁은 타탕의 모습으로 아주 좋다. 파조는 아니다.

옆 측면 묘지 조성 시 이 묘지의 요성을 손상시키는 바람에 보기가 좋지 못하다. 혈증을 읽어 내는 지관·지사였다면 요성을 손상시키지는 않았을 것으로 생각되지만, 현장에는 손상되어 있어 보는 사람의 입장은 난감하다. 그러나 어떻게 해 볼 방법은 없다. 다만 묘지 간의 경계로 항상 이견이 있을 가능성이 제기되기도 한 곳이다.

(4) 4상

혈 4상은 와혈이다. 입수와 전순의 전후가 양 선익의 중심선의 연결인 좌우보다 조금 길다. 전후가 긴 타원형으로 정와이다. 선익은 높이보다 폭이 넓지만 분명하게 볼록하다. 천와로 생긴 모양이나 윤곽이 뚜렷해 심와로 판단된다. 따라서 이곳의 혈은 정와와 심와의 와혈 명당이다.

(5) 5순

5순은 둥근 형태의 금성이다. 금성은 부를 관장하는 것으로, 묘지의 후손들은 돈과 관련이 있는 것으로 유추된다. 물론 여성은 반대로 해석된다. 입술은 금성의 모양이 가장 무난한데, 이 형태로 된 전순에 아주 큰 관성이 붙어 있어 좋다.

(6) 6악

어떤 면으로 보면 가장 중요하다고 하는 것이 6악이다. 혈을 제외한 5악은 혈을 도와주고, 지키고, 보호해 주는 가장 중요한 혈증들이다. 그들은 입수·전순·양선익·입혈맥·혈이다. 입수는 기운을 배달한다. 기의 통로인 입혈맥 아래로 내려보내는 역할을 한다. 입혈맥은 그 기운을 혈까지 도달되도록 전달하는 의무가 있다. 기운의 종착점이 혈이다. 와혈의 경우 전순으로는 연결이 되지 않지만 선익으로 연결된다.

이때의 기운(나머지 혈상인 겸유돌)은 여기가 되지만 와혈은 이러한 현상이 나타나지 않는다. 선익은 입수에서 소분맥으로, 좌우측으로 갈라져 한쪽은 크게, 반대쪽은 작게 둥근 형태로 이루어져 혈을 감싸안고 있다. 큰 쪽의 선익이 작은 선익을 감싼 형태가 되어 선룡도 겸하는 것이 일반적이다. 이처럼 입수·전순·양선익·입혈맥들은 제각각 할 일을 하면서 혈을 보호하거나, 혈을 만드는 역할에 일조한다.

(7) 7다

7다가 존재하는 곳이다. 입수는 들었고, 선익은 돌았으며 떨어졌고 감았으며, 전순에는 붙었고 멈추었다. 입수에서 입혈맥으로 갈라졌으며 분맥도 이루어져 7다 다 된 곳이 이곳이다. 이들은 들었다, 돌았다, 붙었다, 떨어졌다, 안았다, 감았다, 멈추었다 등 7다가 이루어진 곳으로서 좋다.

들었다는 입수에서 보면 나타난다. 벌렸다는 입수에서 나누어져 양 선익과 입혈맥으로 진행됐다. 떨어졌다는 전순 아래가 둔덕으로 이루어지면서 폭포처럼 되어 있다. 붙었다는 우측의 둔덕인 요성과 전순 아래 관성이 붙어 있다. 돌았다는 좌우측의 선익은 혈을 중심으로 둥글게 원을 그리면서 돈 형태가 된다.

따라서 들었다, 벌렸다, 떨어졌다, 붙었다, 돌았다, 안았다가 다 있는 7다 원칙이 되는 곳이다. 일반적으로 혈이 된다면 틀림없이 존재해야 하는 필수적 요소들이다.

(8) 8요

8요는 좌우 선익에 붙은 별이다. 이 별이 별명으로 요성이다. 요성은 2가지로 파조와 타탕으로 나뉜다. 우측에 타탕이 붙어 있으나 나중에 묘지 조성으로 이를 일부 절토한 바 있다. 적절하지 못한 절토는 피해가 우려된다. 하지만 남의 땅에 도장한 형태로 보았을 때, 이러한 조치는 미흡한 것으로 인정된다. 따라서 본인의 소유라면 나중에라도 피해가 없는 범위 내에서 복구를 하는 것이 혈을 보호하는 차원에서도 유리할 것으로 판단된다. 8요는 좌무우타탕이다.

(9) 9수

6악과 3성에서 이미 다루었던 것처럼 6악의 5수와 3성의 4수가 있는 곳으로서 9수가 되는 곳으로, 혈의 가치는 좋다.

(10) 10장

이미 장사한 묘지로 지표면의 봉분을 보면 입수와 전순의 종선과 양선익의 횡선을 연결하면 + 지점이 그려진다. 이를 놓고 판단해 보면 정혈(正穴)이 비교적 바르게 되어 있는 곳임을 알 수가 있어 보기에도 좋다. 깊이는 판단이 되는 것은 아니지만 지표면의 선익을 놓고 보면 양호하게 장사한 것으로 이해된다.

2. 남안동 IC

남안동 IC에서 용각산을 찾아 진행하면 용각리 마을이 나온다. 이곳에서 가는 방향으로 곧장 올라가면 길 건너편에 저수지가 나온다. 거기서 주차하고 우측 길로 올라가면 된다. 이 자리는 이장하고 나서 손자가 변호사 시험에 통과한 이력이 있는 곳이며 아들은 검사 출신으로 법조인 집안이다.

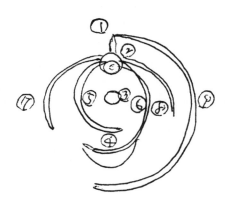

[그림 6] 남안동 IC 부근의 민묘

(1) 'j' 자

좌측에서 출발된 'j' 자(② · ⑥ · ④)는 우측에서 마무리되어 완벽한 'j' 자가 이루어진 모양새다. 내려가는 용맥이 멈춘 형태가 완료되어 보기가 좋다. 입맥으로 되어 있어 사람이 만든 것처럼 너무나 분명한 곳이다. 의성에 있는 묘지를 분석하고 관리자의 산을 보면서 발견한 곳으로, 이곳에 이장했다.

이장하기 일주일 전, 의성문화원 수강생들에게 견학하도록 한 후에 작업한 곳이다. 이곳으로 인하여 수강생들은 혈증의 이해를 완전히 정복했다. 이전까지는 풍수가 청룡과 백호로 인식되어 '별것이 아니구나.' 하는 의도로 생각을 하고 있었는데 이 묘지로 인하여 풍수는 4신사로 이해가 되지만, 혈은 혈증으로 분석해야 한다는 인식이 각인된 곳이다.

필자는 이들에게 고맙게 생각하곤 한다. 왜 그런가 하면, 혈증으로 설명을 해도 이해가 어려운 것으로 생각하거나 필자를 다 같은 풍수 선생으로 봐 온 것이 사실이기 때문이다. 한편으론 대구시청 두류도서관에서도 같은 논리로 설명된 바 있으나, 영천과 남안동 IC로 인해 혈증인 6악으로 변화된 혈증의 인식으로 발전된 것이다.

이런고로 필자가 주장하는 말이 있다. 혈 공부를 하기 전에 현장 학습이 꼭 필요하다고. 특히 혈증의 답관은 견학이 우선적으로 선행되어야 한다는 것을 알아야 한다. 백문(百聞)이 불여일견(不如一見)이다.

(2) 좌선

'j' 자(② · ⑥ · ④)에서 설명한 바와 같이 좌측에서 출발하여 이루어진 선룡으로 좌선이다. 좌선은 귀를 관장하기도 하지만 부가 일부 주관되기도 하는 것으로 이해된다.

(3) 3성

이곳은 관성(④ 하단부)이 있다. 흙으로도 암으로도 되어 있는 곳으로 아주 두툼하게 마무리가 된 곳이다. 흙으로 이루어진 둔덕은 크기가 크고 중간중간에 암이 존재하고 있어 마치 사람이 만든 것처럼 되어 있다. 관산 일행들은 이구동성으로 '만들었군.' 하고 말하는 곳으로, 그만큼 분명하고 좋다.

(4) 4상

전후좌우가 바르다. 입수와 전순의 길이는 양 선익의 폭보다 종선의 길이가 약간 더 긴 형태로 정와이다. 선익은 입맥으로 분명하게 생겨 심와다. 따라서 정와와 심와의 와혈이다. 전형적인 와혈의 형태로 선익이 돌출되어 있어 심와이다. 올바른 형태의 심와가 있는 곳으로 정와의 와혈 명당이다.

(5) 5순

전순은 둥근 모양의 금성(④ 하단부)이다. 전순의 으뜸이 금성으로 어느 곳보다 좋다.

(6) 6악

그림과 같은 형태로 연익이 있고 청룡과 백호도 있어 좋다. 특히 연익은 좌·우측에 대칭적으로 되어 있고 조화와 균형이 맞다. 선룡이 좌선으로 대칭의 핵심은 사신사인 청룡으로 커버가 된다. 물길도 6악과 더불어 좋은 물이 된다. 입수는 미약하여 잘 보이지 않는다. 그러나 맥은 들어간 모양이 보인다.

맥이 잘 보이지 않는다면 물을 보면 이해가 될 것이다. 낮은 곳에서의 물을 보면서 점차 높은 곳으로 눈을 돌려 보면 물길이 형성됨을 이해할 것이다. 물의 구분이 어려운 곳이 맥으로, 맥의 전달 경로가 된다. 입수 아래 입혈맥도 이러한 방법으로 읽어 내면 된다. 입혈은 1 분합이 이루어지는 출발선이다.

(7) 7다

입수는 들고 선익에선 돌기도 하고 떨어지기도 한다. 전순에서 붙었으며 우선익을 좌선익이 감았고 전순의 좌측에서 마무리가 완료되어 매우 보기 좋다.

(8) 8요

좌선익에 타탕으로 요성이 붙어 있다. 우선익에는 8요가 없다. 좌우 대칭은 되지 않지만 4신사인 청룡이 안으로 들어오는 형태로 대칭이 되어 좋다.

(9) 9수

9수는 6악인 혈증이 분명하며 3성은 관성과 요성이 있다. 특히 관성은 돌로도, 흙으로도 된 중첩의 모양이다. 7수가 있는 곳으로 좋다.

(10) 10장

이곳의 장사는 필자가 도왔다. 종선과 횡선을 놓고 자로 재어 측점을 확인하고 천공은 와혈임을 확인 후 선익을 기준으로 깊이를 재단했다. 작업의 수단은 모든 것을 수작업으로 했다. 재단과 작업을 병행하여 검토하면서 진행했다.

안치 후 봉분을 조성함에 따라 갈매기 형태로 잔디 작업을 했다. 자연의 조건을 이해하여 가능한 자연대로 진행했다. 봉분 조성 시 무너짐을 방지하기 위해 목저를 사용했다. 잔디를 심기 위해 봉분에 골을 파는 것은 지양하고, 붙여 놓고 목저로 압착해 마무리했다. 잔디의 활착은 늦어지는 단점이 있다고 보지만 땅의 피해는 저감되도록 했다.

그 결과, 자연대로 이루어져 미관상 보기는 한결 나았다. 그리고 2년 후 아들이 변호사 시험에 합격하는 영광이 따랐다. 물론 이 묘지로 인해 합격했다고는 할 수 없지만, 아무튼 상주들은 좋게 받아 주는 것으로 이해됐다.

3. 박정희 전 대통령 부모의 묘지(남구미 IC)

이 자리는 관산 대상지로, 초행자나 오래도록 풍수를 한 풍수인들에게 관산토록 종용할 만큼 대단히 중점적으로 관산을 하는 곳으로서 필수적인 관산 대상지이며 혈증을 가진 곳으로, 혈의 여부를 반드시 이해토록 하는 정기 코스다.

박정희 대통령의 조부모와 부모의 자리가 상하 쌍분으로 되어 있다. 이설이나 논쟁이 아주 많은 자리다. 조부모의 자리가 좋다거나 부모의 자리가 좋다는 의견이 반반이나, 목소리가 큰 사람은 조부모의 자리가 비교적 우세하다고 한다. 멀리 있는 천생산을 바라보면서, 일자문성이 2개로 부녀간 대통령이 탄생했다고 주장한다. 하지만 이 묘지들을 혈증으로 분석해 보면 이해가 비교적 쉬운데도 불구하고 논쟁을 하는 작자들이 대부분이다.

　필자는 박정희 대통령의 부모 자리를 주목하며 박근혜 전 대통령의 흔적이 이 자리에서 출발된 것으로 예측한다. 이유는 후설에서 분석하겠지만, 제2관법에서 설명된 선룡이 우선이다. 선룡을 남 · 여로 구분하기도 하지만 여자는 좌 · 우선룡이 역으로 해석되기도 한다. 즉, 여자이므로 우선이 되며 또한 귀도 동일한 개념으로 해석하면 될 것이다.

　이러한 실례로 진도에 있는 송가인 가수 증조부모의 자리가 이를 확인시켜 준다. 그곳은 좌선이며, 좌선은 귀보다는 부로 판단된다. 여자 가수이기 때문에 좌선룡에서의 해석이 가능하며, 부로 판정된다. 해석에 따라 우연의 일치로 보기는 무리수가 있다고 본다. 그러나 좌는 남자 계열이면서 명예인 귀로 판단되며, 우는 여자로 계산되는 것으로 부가 우선시된다.

　이를 놓고 보면 박근혜 전 대통령이나 송가인 가수는 현재로선 틀림이 없고 맞다.[3] 다만 앞으로의 계속적인 관찰이 요구될 뿐이다.

3　2인의 관찰이지만 순리적인 분석이 됐다. 계속적인 통계 분석이 요구된다.

[그림 7] 박근혜 대통령의 조부모 혈장도

(1) 'j' 자

j 자는 분명하다. '도장석'이라는 돌이 기준이 된다. 여기서 묘지를 향해 보면 j 자가 선명하다. 물길을 놓고 보면 이해가 더 쉽다. 맥도 물도 j 자로 흘러가는 모습이 영어글자 모양을 쪽 빼닮은 형태의 j 자다. j 자 하단부가 완전히 낚시 고리 모양으로 마무리가 완료되어 멈춘 형태로 보기가 좋고 쉽다. 혈증을 보는 것이 일품이다.

(2) 선룡

선룡 선수가 우선이다. 박정희 대통령의 서론에서 주장한 내용이다. 박정희 대통령의 딸인 박근혜 대통령의 근원은 이곳임을 강조한 내용의 선룡이 우선이다. 우선은 여자이며, 우선의 부가 여자로 바꾸어서 이해하면 귀로 변경되는 진술의 게임이론이다. 물도 맥과 같은 우선이 된다. 맥이 가면 물도 같이 가는 자연의 이치다.

(3) 3성

이곳에는 관성이 있다. 유별나게 말이 많은 곳으로 박근혜 대통령의 조부모 자리 아래 돌이 붙어 있다. 큰 돌은 부석(浮石)으로 일명 도장 바위로 알려진 돌이다. 땅속에 묻힌 관성은 여러 개가 있어 좋게 평가된다. 귀성은 보이지 않으며 요성은 우선으로 묘지로 올라오는 곳이 언덕으로 되어 있는 형태로 탁이 된다. 탁은 둔덕처럼 붙어 있어 품격이 높고 볼품이 있어 아주 좋게 보인다.

(4) 4상

혈 4상의 이름은 혈증을 분석해서 보는 것이 원칙이다. 일반적으로 맥선을 통해 내려오면 유혈이라고 분석하는데, 이는 아주 잘못됐다. 맥을 통해서가 아니라 혈증의 증거들을 놓고 분석해야 한다. 본 묘지는 와혈이다. j 자가 우측 선익으로 길게 좌측의 선익을 감아 마무리를 했다. 거슬러 올라가면 입수가 보이는데, 그 입수에서 좌우로 갈라져 전순을 만들면서 마무리가 됐다. 좌우 선익이 있는 곳으로 폭과 입수와 전순의 길이가 긴 정와이며, 선익의 윤곽이 비교적 뚜렷한 심와로 분석된다.

(5) 5순

전순은 금성의 모양이다. 둥근 형태로 이루어진 전순으로 부가 우선시되나, 남자가 아니므로 여자에게는 귀가 먼저다. 따라서 전순은 우선익을 통한 연결 고리로 마무리됐다.

(6) 6악

입수는 좌우의 선익을 통해 상부로 올라가면서 확인하면 약하게 돌출된 부분이 있다. 여기서 좌우 선익은 갈라지며 오른쪽 선익이 왼쪽 선익을 감아 준다. 우선익의 하단부가 전순과 연결된다. 종선과 횡선의 중심에는 우측의 묘지가 된다.

입혈맥은 양호하나 조부모의 묘지 뒤편에 물 처리를 위한 방법으로 도랑을 만들어 놓았다. 깊게 파인 도랑은 맥의 파손을 초래할 뿐만 아니라 후손에게도 좋은 영향을 끼치지 못하므로 물 처리를 위한 맥의 손상은 조심하여 처리해야 할 것이다. 돈이나 손을 대서 좋지 못한 일이 발생하는 우를 범해선 곤란하다.

(7) 7다

입수는 들었다. 좌우 선익은 돌았으며 떨어졌다. 전순은 붙었고 마무리가 됐다. 우선익은 좌선익을 안고 마무리했다. 7다가 이루어져 아주 좋은 혈을 만든 것이다.

(8) 8요

우선익이 탁으로 이루어져 있다. 탁은 형태가 타탕이다. 좌선익에는 아무것도 보이지 않는다. 즉, 8요는 왼쪽에는 없고, 우측에는 탁이 있는 8요로 구성되어 있다.

(9) 9수

혈증인 6악이 뚜렷하고 관성은 부석도 있지만 암석도 있다. 인장석인 부석에 대해서는 말도 많고 탈도 많지만 돌출되어 있으나 해석해 보면 그에 대한 품격은 미미하다. 따라서 6악의 5수와 3성의 2수로 모두 7수가 된다.

한편 혈장 뒤편 지룡의 당배 등 귀사는 아주 아름답게 해석된다. 초학자들의 풍수관이 시험되는 곳이다. 맨 아래에는 박정희 대통령의 형인 박동희의 묘지가 있다. 그의 아들도 국회의원과 축구협회회장 출신으로 묘지의 길흉이 점쳐지는 곳이다.

(10) 10장

종선과 횡선의 중앙에 위치하나 쌍분으로 혈의 중심에선 벗어났다. 이는 쌍분의 공통점인 종선을 놓친다는 단점이 있다. 아니면 합분으로 해야만 올바른 혈자리에 장사하는 정혈의 개념과 일치된다. 쌍분은 혈을 놓칠 가능성이 농후하기 때문이다.

4. 다부 IC

묘지는 공장으로 확장되면서 이장을 한 곳으로 황골이 나온 곳이다. 유골의 색깔이 황색인 황골은 좋은 길지의 혈임을 암시한다. 자골은 격이 한층 높다고 평가된다. 이에 비해 흑골은 격이 낮은 유골로, 혈이 아닌 곳에서 출토되는 것이 일반적이다. 황골이 출토된 곳의 혈증을 분석한바 다음과 같은 결과물이 나왔다.

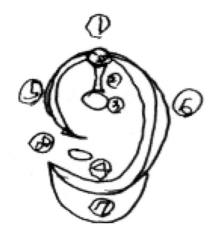

[그림 8] 다부 IC 황골

(1) 'j' 자

j(① · ⑥ · ④) 자가 왼쪽으로 돌아가 전순의 우측에서 마무리가 완료됐다. j 자의 하단부가 들려진 형태가 되어 좋다. 그곳에는 흙무덤과 암석이 박혀 있어 j 자는 분명하게 보인다.

(2) 선룡

선룡이 좌선으로 크게 돌았다. 혈을 기준으로 좌측으로 돌아 우측의 전순에서 마무리가 완료됐다. 좌선의 선룡에 선수도 좌선으로 갈무리됐다. 선룡 선수가 한 축으로 이루어진 곳으로, 혈증이 분명하고 좋다.

(3) 3성

관성은 일품이다. 흙과 암으로 아주 튼튼하게 생겨 물이 넘어올 수 없는 구조로 되어 있다. 관성의 조직은 횡으로 배치되어 내려오는 방향이 ㅓ 자로 틀어지게끔 형성되어 있다. 우측에는 요성이 파조로 존재하고 있고, 좌측에는 타탕이 붙어 있다.

(4) 4상

4상은 선익으로 대변된다. 선익의 형태가 좌우로 소 분맥되어 벌려진 형태로 이루어져 있다. 이는 와혈의 특성이다. 횡선에 비해 종선이 조금 더 긴 형태가 되어 정와이며, 돌아가는 선익의 높이가 얕아 천와로 판단된다. 따라서 이 자리는 천와와 정와의 와혈 명당이다.

(5) 5순

전순은 아주 크고 분명하게 돌출되어 있으며 둥근 형태로 금성이다. 금성은 부와 관련이 있으나 후손의 역량에 대해서는 알 길이 없다. 다만 산이 공장으로 되는 가운데 부의 논리로 상상만 할 뿐이다.

(6) 6악

입수는 입혈맥과 좌우 선익으로 양분된다. 좌선익이 우선익을 감싸고 있다. 전순은 우람하고 높게 돌출되어 있어 좋다. 혈은 이장으로 훼손되어 분명하지는 않다. 다만 황골이 출토된 것으로 보아 혈속에 정확히 정혈된 것으로 추정된다.

(7) 7다

혈증 6악이 제대로 되어 있다. 3성은 좌우측에 요성과 전순에 관성이 붙어 있다. 이러한 이유로 7다는 제대로 이루어진 것으로 판단된다. 다만 앞에서도 언급하였듯이 많은 훼손(이장)으로 보이는 데는 한계가 따른다.

(8) 8요

나가는 물길의 중심에는 금성이 존재하고 있으며 선익에 붙은 8요도 존재한다. 8요는 좌타탕우파조로 좌선의 기운이 크다.

(9) 9수

혈증 6악과 3성은 함께 존재한다. 다만 3성 중 관성이 대단하다. 흙과 암으로 존재하고 있어 좋다. 귀성은 발견되지 않는다. 6악의 5수와 3성의 2수가 있어 7수가 된다.

(10) 10장

이장을 한 곳으로 장사의 기법은 보이지 않는다. 다만 혈증이 분석되는 것으로 황골의 출토는 혈증으로 충분히 가능하다고 본다.

5. 해인사 IC

해인사 IC에서 합천댐 방향으로 지방도를 따라가다가 합천읍으로 향한 곳의 삼거리에서 좌회전하면 된다.

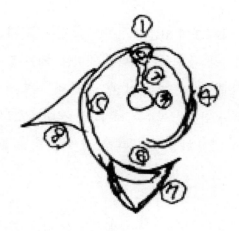

[그림 9] 해인사 IC의 민묘

(1) j' 자

입수에서 우측 맥으로 진행하는 선익은 전순의 우측 근저에서 멈췄다. j 자로 마무리가 완료된 것이다. j 자는 혈의 여부를 가장 먼저 관측하는데, 이곳에도 이러한 형태가 이루어져 있다. j 자가 되지 못하면 혈의 결지는 불가능하다. 여러 차례 여러 곳에서 j 자에 대한 언급을 강조한 바 있다. 가장 중요한 혈증 중의 하나가 j 자이기에 거듭 강조한 것이다.

(2) 선룡

선룡이 우선이다. 입수에서 좌선익보다 큰 우선의 영향으로 전순까지 도달된 맥으로, 선룡이 우선이다. 우선은 부로 관장한다고 보지만 결과는 모른다. 물론 귀가 완전히 단절된다는 논리에 대해서는 무리가 따른다.

혈증 십관

(3) 3성

우측 요성이 존재한다. 선익에 붙어 있는 요성이 파조 형태다. 파조는 타탕에 비해 기운이 떨어진다. 힘이 약하다는 것이다. 자기 본체의 기운을 밀어 주는 동시에 뺏어서 가는 것이 특징으로, 타탕에 비해 약하다. 온전히 선익에다 힘을 몰아주는 타탕과는 상대적으로 비교된다. 따라서 파조보다 타탕이 한결 격이 높다고 본다.

(4) 4상

입수와 전순의 길이는 양 선익의 폭보단 길이가 조금 더 길다. 이는 정와의 형태다. 선익의 높이는 높지 않고 낮다. 이러한 형태는 천와이다. 따라서 정와와 천와의 와혈 명당이다.

(5) 5순

전순의 형태는 삼각형의 목형이다. 정삼각형으로 모양이 깔끔하게 생긴 전순이다. 보기가 아주 드문 형태의 삼각형 전순이다. 뾰족한 부분으로 종선을 맞추고 횡선은 양 선익이 된다.

(6) 6악

입수는 탁월하다. 입혈맥도 상혈로 인해 분명하게 나타난다. 좌선익은 짧게 형성되어 있고 우선익이 이를 감싸 안고 있다. 전순은 우선익으로부터 연결되어 삼각형의 전순을 만들면서 좌측의 근저에서 마무리가 완료됐다.

(7) 7다

들어서 돌면서 분맥되고 마무리가 완료되어 7다가 이루어졌다. 전순에선 떨어져 있으며 우선익에선 요성이 붙어 이루어져 있다. 따라서 7다는 온전히 이루어진 상태로 보인다.

(8) 8요

우선익의 요성이 파조로 되어 있다. 8요는 좌무우(左无右)파조로 되어 있는 구조체로 분명하다.

(9) 9수

6악은 앞에서 언급한 것처럼 전순이 이채롭다. 목형의 삼각형 전순이 특징이다. 이러한 전순은 필자가 처음 본 것으로 이해된다. 3성으론 요성이 존재한다. 따라서 6수가 된다.

(10) 10장

종선과 횡선을 놓고 보면 상혈이 되어 있는 상태다. 조금 위로 올라가면 정혈(正穴)이 될 듯하다. 장사의 자세한 내력은 알 수 없다.

6. 박희도 장군 조부모의 묘지

경상남도 창녕군 이방면 이방시장에서 서쪽으로 가면 첫 동네가 나온다. 이 동네에서 다시 남쪽으로 방향을 틀어 들어가면 조그만 동네가 있다. 남쪽 향의 산 중턱에 묘지가 위치한다. 급하게 내려오다가 멈춘 형태로 5부 능선 고개마루에 있다.

[그림 10] 박희도 장군의 조상 묘지

(1) 'j' 자

봉분의 좌측을 통해 전순으로 연결되어 우측 하단부 근저에서 마무리되어 j(① · ⑤ · ⑥)자 형태가 존재한다. 처음 이곳을 관산하는 사람이라도 자연의 이치를 알면 쉽게 찾아낸다. 원훈의 시울이 분명하게 나타나는 곳이다.

(2) 선

선룡은 좌선이다. j 자 모양대로 생긴 형태가 봉분 주변에 뚜렷하게 형성되어 있다. 입수에서 좌선익을 통해 전순으로 연결된 형태가 왼쪽으로 이루어진 좌선의 용맥이다.

(3) 3성

3성이 뚜렷하게 형성된 것은 발견되지 않는다. 다만 좌선익이 우선 익을 감아 준다는 것은, 잠정적으로 볼 때 탁이 형성된 것이라고 판단된다. 하지만 현장에서는 형질변경으로 인해 볼 수는 없다.

(4) 4상

혈상의 종류를 수평적으로 보면 전후좌우가 고르며 균형 잡혀 있어 정와로 판단된다. 수직적인 방법으로 살펴보면 양선익이 비교적 뚜렷하게 생겼다. 이러한 형태는 심와로 판단된다. 따라서 이 자리의 혈상은 정와와 심와의 와혈명당으로 판단된다.

(5) 5순

전순의 형태는 금성이다. 둥근 형태로 시울이 뚜렷하게 지나간 흔적이 분명해 보기가 좋다.

(6) 6악

입수는 양돌하며 우선익은 짧게 형성되어 혈을 감싼 자세로 되어 있고 좌선익이 우선익의 끝부분을 안고 있는 모양새로 극히 좋다. 둥근 형태는 마치 만월(滿月: 보름달)처럼 생긴 것으로 윤곽이 뚜렷하게 되어 있다.

(7) 7다

선익과 전순 등에서 7다가 형성되어 있다. 입수는 들었고 선익은 돌았고 전순은 떨어졌고 좌선익이 감싸 안은 형상이 되며 전순의 우측에선 마무리가 완료됐다. 따라서 7다는 잘 이루어진 것으로 평가된다.

(8) 8요

8요는 좌타탕우무로 확인된다. 이미 묘지가 조성되어 있어 확인이 불가하다. 다만 좌선익 외측이 두툼한 형태가 있으나 요성으로 보기에는 한계가 있다고 판단된다.

(9) 9수

3성은 좌측에 있으므로 1수가 되며 6악이 존재하므로 5수로 모두 6수가 되는 경우의 수다. 묘지에 접근하면 원훈이 눈에 들어온다. 돌아가는 시울의 윤곽이 분명해 처음 보는 관산자도 확인이 가능할 만큼 뚜렷하다. 따라서 3성에는 1수가 있어 6수만 존재하는 자리로 보이나 3성의 일부 형태는 훼손으로 보이지 않아 감점되는 곳이다.

(10) 10장

수평적인 장사는 비교적 잘되어 있다. 다만 수직적인 장법에 대해서는 알 길이 없다. 와혈인 만큼 선익을 기준으로 한 깊이가 결정되어야만 정상적인 장법이 될 수 있음이 간접적으로 확인된다.

7. 김번 8대 명당

김번 묘지는 경기도 남양주에 위치한다. 8대 명당으로 소문난 것처럼 대단한 혈증을 보유한 자리다. 일부 풍수인들은 혈이 아니란 명제를 다는 곳이기도 하다. 이유는 그림의 형태를 읽어 내지 못하기 때문이다. 기는 가다가 중지하면 그 기운은 어디로 갈 수가 있는가에 대한 의문을 풀어내야만 해결될 것이다.

[그림 11] 김번의 묘지

(1) 'j' 자

이곳의 묘지는 아주 특이하다. 윤곽이 뚜렷한 j 자(① · ⑤ · ⑥ · ⑦)는 혈훈(穴暈)이 크면서도 분명하다. 하지만 불특정다수인인 풍수인들조차도 혈증의 확인이 쉽지 않다고 하는 곳이다. 이러한 형태는 필자가 주장하기를, 변와(⑦)에 대한 혈상의 특징을 분석해야 함에도 이러한 형태를 찾아내는 데는 어려움이 따르는 한계가 있다. 이에 대해서는 혈증을 읽어 내는 지혜가 있어야 가능하다.

(2) 선룡

선룡은 우선이다. 그림에서 보는 바와 같이 오른쪽 팔의 형태로 돌아가는 것으로 윤곽이 뚜렷하다. 우선은 입수의 뒤편에 의한 당배 귀사와 가는 쪽 귀성의 영향으로 기운이 들어오는 것으로 분석된다. 다만 이러한 내용에 대한 풍수적 기술은 숙련도에 따라 해석이 달라진다.

이 자리와 유사한 곳이 박정희 대통령의 부모(박근혜 대통령의 조부모) 자리가 된다. 같은 형태의 섬룡입수(閃龍入首)로, 일부는 횡룡입수라고 주장하기도 한다. 하지만 횡룡입수(橫龍入首)와 섬룡입수는 차이가 있다는 사실을 알아야 이해가 될 것이다.

(3) 3성

돌아가는 j 자의 이중 전순에 해당하는 곳에 관성이 한두 군데가 아닌 많은 수의 별(星)이 붙어 있어 그에 따른 힘은 대단하다. 그림처럼 90°이상 틀어 돌아가는 것을 보아야 한다. 이를 보는 것이 관건이다. 귀성은 발견되지 않으나 요성에 탁이 붙어 있다.

(4) 4상

j 자가 크게 돈 형태로 우선이 된다. 이중 전순으로 돌아간 형태가 되어 변와가 된다. 다만 좌우의 선익이 얕게 진행되어 천와로 분석된다. 따라서 천와와 변와의 와혈 명당으로 평가된다.

(5) 5순

전순은 둥근 형태로 마무리된 금성형의 모양이다. 둥근 전순이 가장 많기도 하지만 제일 무난한 전순으로 알려져 있는데, 이곳이 그렇게 생긴 전순이다.

(6) 6악의 존재

6악의 입수는 윤곽이 뚜렷하지 않다. 다만 원훈을 찾아내면 확인이 어렵지는 않다. 혈을 중심으로 원을 그리면서 진행하는 것이 선익이며, 그 중심에 입혈이 되어 나가는 맥이 입혈맥이다. 입혈의 하단부에 혈이 생성되어 음중 양이 탄생했다. 우선익을 통한 전순은 약하게 둥근 형태로 마무리가 완료되어 혈증의 완성이 이루어진 곳이다. 특히 전순 아래 이중으로 흘러간 마무리가 우에서 좌로 90°틀어 끝을 맺은 형태다.

(7) 7다

들고, 돌고, 떨어지고, 붙어서 마무리가 완료되어 7다가 이루어진 곳이다. 혈증이 있다면 7다는 이루어지는 것이 혈증의 원리다. 이곳은 7다의 원칙이 있는 곳이다.

(8) 8요

전순 앞에 관성이 붙어 있고 요성은 우측이 탁으로 붙어 있다. 8요는 좌무우타탕이다.

(9) 9수

3성은 요성과 관성이 존재한다. 이는 2수로 6악의 5수로 7수가 있는 곳이다.

(10) 10장

오래된 묘지로 장사의 기법에 대해서는 확인이 어렵다. 다만 와혈이라 재혈의 깊이는 얕게 하여야 하는 천장의 이해가 있어야 한다.

8. 청주한씨 한란 묘

이 묘지는 청주한씨 중시조로 잘 알려져 있으며 재실 옆에 참샘이라는 진응수가 있는 곳으로, 이 물이 있으면 명당이란 말이 있는 곳이다.

[그림 12] 한란의 묘지

(1) 'j' 자

이 자리는 오른쪽이 발달된 자리이다. 몸체에서 오른손 방향으로 진행되어 하단부가 좌측에서 마무리를 완료했다. 형태가 좌우가 바뀐 j(① · ④ · ⑤, ① · ⑥ · ⑦) 자로 되어 있다. 좌측보단 우측의 형태가 비교적 크게 이루어져 있다.

(2) 선룡

입수에서 우측 방향으로 틀어져 있어 좌측에서 마무리된 형태이므로 선룡이 우선이다. 우선은 부를 관장하는 의미로 간주된다.

(3) 3성

관성이 존재한다. 특히 요성이 탁으로 존재해 있다. 탁은 타탕의 형태로 되어 있어 좌측으로 돌아가는 힘이 대단하다. 다만 귀성은 보이지 않는다.

(4) 4상

자리의 앞이 높게 들린 형태로 변와가 되며 좋게 판단된다. 다만 만들어 주고 가는 형태가 되어 유심히 쳐다보아야 혈상이 나타난다. 묘지의 뒤편에서 맥로가 시작되어 높게 들은 안쪽에서 마무리가 된 다음에 다시 맥이 연결되는 것으로 분석되며 얕게 진행되는 선익이 쉽게 보이지는 않는다. 천와이며 변와의 와혈 명당이다.

(5) 5순

전순은 쉽게 보이지 않는다. 시울이 돌아가는 형태가 둥글게 형성되므로 금성으로 보인다. 둥근 형태가 너무나 미세해 시울이 분석되지 않는 해석은 한계가 있다.

(6) 6악

혈중인 6악 모두가 미세하다. 희미한 입수는 입혈을 함과 동시에 양 선익으로 갈라진다. 우선익이 좌선익을 감싸 안아 주는 형상이다. 입혈에서는 혈로 기운이 전달되지만, 봉분이 이미 형성되어 있으므로 음중 양은 보이지 않는다. 우선익에서 전달받은 전순은 좌측에서 마무리된다. 우선익에서 이중으로 다시 벋어 나가는 형태가 변와이며 탁으로 연결되어 이중 마무리가 완성된다.

(7) 7다

들어 올려 나누어지면서 돌려주는 형상이 된다. 전순은 떨어져 있다. 탁으로 이루어진 형태가 떨어짐을 의미한다. 우선익을 통한 전순은 그 아래에서 떨어져 있으며 돌려진 곳에서는 마무리가 된다. 7다 모두가 고르게 이루어져 있다.

(8) 8요

우측의 요성이 탁으로 형성된 것으로 우탁이 되며, 좌측에는 이러한 요가 없다. 좌무우타탕으로 구성되는 8요가 된다.

(9) 9수

6악은 기본으로 이루어져 있으며, 3성은 요성과 관성으로 이루어져 있어 7수가 되어 길하다.

(10) 10장

이미 오래된 묘지이므로 장사에 대해서는 알 수가 없다. 다만 앞부분이 탁으로 들려져 있어 돌혈처럼 장사한 것으로 이해된다. 하지만 혈상은 와혈로서 장사 기법 또한 와혈로 하여야 제대로 된 장사법이 된다. 진응수가 있어 보기가 좋다.

9. 안동 온계 묘지

온계 선생은 퇴계 선생의 형이다. 퇴계태실에서 중학교를 지나 남쪽으로 포장길을 따라 산속으로 들어가며 계곡 건너 용진처에 있다.

[그림 13] 온계 선생의 묘지

(1) 'j' 자

좌선익에 의한 형태로 j(① · ⑥ · ⑦)자가 나타난다. 입수에서 왼쪽으로 돌아 전순까지 연결되는 것으로, 우측 근저에서 완성된다. 정 j 자이다. 경사가 급해 이중 전순처럼 되어 있다. 석축으로 그 아래는 아직도 윤곽이 뚜렷해 보이는 부분은 확실하게 보인다. 이해만 잘하면 전순의 시울이 분명하게 보이는 곳이다.

(2) 선룡

선룡이 좌선이다. 왼쪽에서 출발한 선익이 전순으로 연결됨과 동시에 우측에서 마무리가 완료됐다. 좌선룡으로 온계 선생의 궤적과도 일치하는 귀의 개념이다.

(3) 3성

3성은 좌측에 붙어 있는 요성이다. 요성의 형태는 탁으로 형성된 타탕의 생김새로 기운이 탁월해 좋다. 귀성과 관성은 보이지 않는다.

(4) 4상

상부에서 하단부로 내려오면서 자리한 관계로, 와혈 아니면 겸혈이다. 간혹 돌혈로 판단하는 풍수인이 있다. 입수에서 좌선으로 크게 원을 그리면서 우측의 선익을 감은 형태다. 전순은 좌선익을 통해 진행됐다. 세부적인 혈상을 분석하면 와혈이 된다. 선익의 성김이 약하게 이루어진 천와이며, 전후좌우의 혈증이 조화와 균형되어 정와로 분석된다. 따라서 정와이면서 천와의 와혈 명당이다.

(5) 5순

전순이 분명하게 도출된 형태로 금성의 모양체다. 둥근 형태로 전순이 생겼으며 가장 많이 생성되는 전순으로 형태의 이름은 금형이다.

(6) 6악

입수는 위쪽에 묘지가 있어 잘 보이지는 않지만 선익이 우측보다 길게 생긴 좌선익으로 확인된다. 전순으로 연결된 선익은 우측의 전순 근저에서 마무리된다. 혈은 봉분이 이미 설치되어 있어 분석이 어려우나, 혈증의 배치를 보면 올바르게 정혈이 된 것으로 해석된다. 입혈맥의 주된 역할은 물을 좌우로 나누어 주는 것이다. 이 맥은 분명하게 나타나 보인다. 뾰족한 전순은 일품이다.

(7) 7다

6악 등이 들었다, 벌렸다, 돌았다, 붙었다, 떨어졌다, 마무리됐다로 7다는 완성되어 있다. 다만 오래된 묘지인 만큼 자세하게 분석할 수는 없는 것이 아쉬움으로 남는다.

(8) 8요

온계 선생의 묘지 8요는 좌타탕우무로 되어 있다. 좌측 요성이 탁으로 형성되어 둔덕처럼 보이며 우측에는 아무것도 없다.

(9) 9수

6악은 있으나 3성은 요성만 있는 관계로 6수가 된다. 다만 하단부로 내려오면서 계속적으로 묘지를 조성해 피해 정도가 우려된다.

(10) 10장

장사에 대해서는 오래된 묘지로 확인이 쉽지 않다. 다만 내려오는 능선에 위치한 관계로 유혈로 보는 경우도 있으나 와혈이다. 와혈은 좌·우선익을 기준으로 재혈이 완성되어야 하는데 좌선이고 좌측에 요성이 존재하므로 좌측 부분에 신중을 기해 장사해야 기운이 올바르게 전달될 것으로 보인다.

10. 임유손의 묘지

이 묘지는 김번 묘지 청룡 줄기 끝 근저에 위치한다.

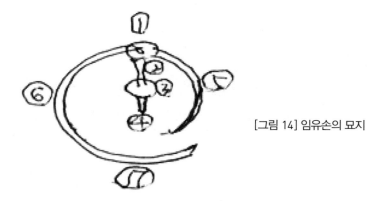

[그림 14] 임유손의 묘지

(1) 'j' 자

이 자리는 'j'(① · ⑥ · ⑦) 자가 우선으로 진행됐다. 좌측의 선익을 우선익이 안아 주는 형상으로 이루어져 있는 곳으로 낚시 고리 모양이다.

(2) 선룡

우측에서 시작된 선룡은 전순의 좌측에서 마무리가 완료됐다. 선룡이 우선룡이다. 물도 같은 우선수가 된다.

(3) 3성

3성은 우측에 탁으로 된 요성이 붙었다. 요성의 형태는 타탕으로 붙어 있어 좋다.

(4) 4상

혈의 4상은 겸혈로 분석된다. 입수는 들어 좌우측으로 분맥되어 나누어지며, 입혈은 중간에서 혈로 들어간다. 혈에서는 대추씨 모양으로 낙조가 되는데 이것이 전순이다. 그곳에 묘지가 있다. 선익은 좌측보단 우측이 커 그를 감아 싼 형태로 안고 있다. 전순(그림 ④)이 선익 안에 존재한다. 4상의 종류는 선익이 돌아가는 형태로 곡겸이 되며 크기는 중겸으로 분석된다.

따라서 곡겸과 중겸의 겸혈 명당이 나타나는 곳이다. 겸혈과 와혈의 가장 큰 차이는 전순의 위치이다. 전순이 선익 안에 있으면 겸혈로, 전순이 선익과 연결되어 있으면 와혈로 분석해야 무리가 없다.

혈중 십관

풍수인들은 이러한 구별 없이 대혈이니, 대와혈이라는 소리를 하곤 한다. 분명하고도 확실한 혈상의 분석이 있어야 무리가 없다.

(5) 5순

이곳의 전순은 대추씨 형태로 된 낙조다. 낙조는 뾰족한 모양으로 되어 있어 목형이 된다. 목형의 전순 형태는 많지 않고 귀하다. 뾰족한 전순이 종선이 된다는 사실을 이해해야만 장사 시 수평에 의한 장법이 올바르게 된다. 5순의 이해 없이 바른 장법은 불가능하다.

(6) 6악

입수는 들어서 3개의 부분으로 나아간다. 중간은 입혈로, 좌우로는 선익으로 분벽 된다. 입혈에선 혈로, 혈에서는 전순으로 연결된다. 좌선은 짧게 형성되어 혈을 감싼다. 우선익은 혈을 중심으로 둥글게 돌아가는 형태로 좌선익을 감싸고 있는데, 이들이 6악으로 혈증이 된다.

(7) 7다

들고 붙고 돌리고 떨어지고 마무리가 되면서 혈이 만들어지게 된다. 7다가 없으면 혈은 불가능하다. 따라서 어느 곳의 혈이라 한들 7다가 없는 곳은 혈이 아니다. 이곳에는 이러한 7다가 존재하고 있어 혈이 되는 곳으로 좋다.

(8) 8요

선익의 요성이 우측에만 있고 좌측엔 없는 좌무우타탕의 8요로 구성되어 있는 곳이다.

(9) 9수

6악이 존재하며 3성은 요성만 있다. 따라서 6수가 존재하는 겸혈이지만, 와혈과의 구분을 지우는 특성이 발견된 곳이다.

(10) 10장

혈 주변에 묘지가 많아 장사의 기법에 대해서는 이해하기가 쉽지 않다. 전순에도 묘지가 있어 물길이 흩어진 형태로 엉망이다. 또한 좌선익의 근저에 쓰레기장을 만들어 놓아 혈증을 훼손한 상태로 방치되어 있다. 조속한 시일 내 청소가 이루어져야 조상이 좋아할 것이다. 따라서 혈증은 좋은데 주변 환경이 엉망이다. 조만간 쓰레기를 깔끔하게 처리하는 정리가 요망된다.

11. 강장군(성산 IC)

고령 성산 IC에서 우측 편 면사무소 방향으로 조금 가다가 좌측 골짜기로 들어가면 된다. 묘지는 산 5부 능선에 있다. 면사무소 못 가 입간편이 설치되어 있다. 동네 주민들 대부분 알고 있는 묘지로, 물으면 가르쳐 줄 것이다.

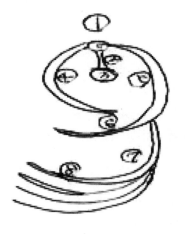

[그림 15] 강장군 묘지

(1) 'j' 자

이 자리는 크게 형성된 자리로 좌측에서 시작하여 우측에서 마무리 된다. 즉, 좌선에 의한 논리로 귀가 우선시되는 곳이다. 입수에선 좌선으로 전순에 연결되어 마무리가 된 형태다.

(2) 선룡

선룡이 좌선이다. 출발이 좌측이고 우측에서 끝이 난 형태로 흐름이 좌선이며 물도 좌선이다.

(3) 3성

좌측에 요성이 있고 앞엔 관성이 있다. 귀성은 보이지 않는다. 경사가 있어서 그런지는 몰라도 길게 형성된 혈상이다. 이중 전순으로 이루어진 우측 근저에는 4가지(⑧)로 마무리된 흔적이 뚜렷하게 나타난다.

(4) 4상

좌에서 둥글게 마무리되면서 방맥으로 2차로 다시 마무리가 완료된 형태로서 변와가 되며, 선익이 분명하지 않아 천와로 분석된다. 천와와 변와의 와혈 명당이다.

(5) 5순

전순은 형질변경이 되어 분명하지 않다. 다만 여타 다른 곳의 형태를 놓고 보면 둥근 금성으로 추측된다.

(6) 6악

들여진 입수에서 갈라져 하나는 입혈로, 나머지는 좌우로 갈라져 나간다. 좌측이 길게 형성되어 전순으로 연결되며 방맥을 통해 이중으로 나간다. 우측의 선익은 짧다. 혈은 입수에서 입혈맥으로 연결되어 여기는 없다.

(7) 7다

들었고 붙었고 떨어져 있으며 안았고 감싼 형태로 7다가 있는 곳이다.

(8) 8요

3성은 요성과 관성이 있으나 8요는 좌측 요성만 존재한다. 좌타탕우무로 8요가 된다.

(9) 9수

6악이 있는 관계로 5수가 되며, 3성은 요성과 관성이 존재하므로 7수가 되어 좋다.

(10) 10장

조선 시대의 묘지로 이미 오래됐고 훼손이 많으므로 장법에 대해서는 알 길이 없다. 다만 묘지를 통제하기 위해 울타리를 설치한 관계로, 자세히 보는 데는 한계가 있다.

결론

풍수는 산천 백화점이다. 청룡과 백호를 설파하는 사람, 수맥봉과 기맥봉을 흔드는 수맥과 기맥가들, 형국을 논하는 만평가들, 용맥의 시작은 백두산에서 시작하여 이곳까지라고 설명하는 용맥 애호가들, 물길을 호소하는 수 애호가들, 주역이 최고라고 설파하며 철학의 상위개념임을 강조하는 술수인, 영적 기운 등을 다루는 사람들 등 풍수에 대한 다양한 주장이 있다. 전부 혈을 찾기 위한 기술들이 집합되어 있다.

자연에는 혈증이 있다. 혈은 인생을 안내하는 안테나이기도 하지만 인생관이며 인생 내비다. 혈의 혈증인 혈심이 핵인 6악이다. 풍수 고전에서는 4악이 그림으로 전해지고 있으며, 현재 대부분의 풍수인 사이에서는 5악이 주창되는 가운데, 필자는 6악을 주장한다. 6악과 혈에 대해서는 2부에서 설명하였으며, 3부에서는 자연에서 찾은 혈의 예시를 논하였다. 이를 부정한다는 것은 자연을 부정하는 것과 같다.

단적인 논리가 '선익을 본 풍수인이 있는가?'이다. 아무도 보지 못했을 것이란 말에 무게의 추가 실린다. 이러한 논리로 패철이 사라져야 할 대상임을 강조한 것이다. 우리 얼굴과 혈은 아주 유사하기에 그렇다는 말이다. 따라서 이 책은 혈 연구가들에게 필요한 현장 설명서가 있어야 한다는 사실에 대해 다룬 글이다.

먼저 혈을 알아야 하고, 그다음은 현장에 가는 것이다. 이 책을 들고 현장에서 그대로 확인하면서 분석한다면, 혈은 분명히 발견할 수 있을 것이란 확신이다.

글의 마무리

글의 마무리

혈의 발견과 연구에 건투(健鬪)를, 코로나 19의 살아 있는 백신(山川精氣)이 되기를 간절히 빈다. 혈은 무궁(無窮)하다. 이러한 전제를 깔아 놓고 혈 찾는 관산이 되기를 간절히 바라는 마음이다.

궁하면 통한다. 먼저 통하려 하면 통하지 못한다. 궁해야 통하는 것이 이치다. 궁은 절실한 마음이 있어야 가능하다. 욕심이 과해도 어려움이 따른다. 먼저 인간이 되어야 할 것이다. 이게 아니면 궁해지는 것은 어쩔 수가 없다. 남을 비난하고 윽박지르고 올라타려는 마음에서는 불가능하다. 내 마음이 천심이다.

다른 하나는 광야로 나가는 것이다. 물고기에 비유해 보면 이해가 될 것이다. 큰 물고기를 키우기 위해서는 비례로 큰 어항이 있어야 하는데, 작은 어항이라면 그 고기는 크지 못할 것이다. 혈을 찾는 방법도 마찬가지로 여러 곳으로 관산이 되어야 경륜이 쌓일 것이다. 혈을 찾으려고 노력한 자는 미쳐야 미친다. 미치지 않으면 혈은 멀리 도망친다. 국소적인 지역에서의 혈 찾기는 한계가 있다. 자기 고향보단 먼 곳으로, 상시로 관산이 되어야 혈이 쉽게 보일 것이다.

약한 자가 강자를 이기는 이유가 있다. 강자(네안데르탈인)는 멸종하고 약자(호모 사피엔스: 혈 찾는 자)는 살아남는다. 인간의 조상이 그렇다는 말이다. 절박한 심정이 통하는 『혈중 십관 십서』가 되기를 간절히 바란다.

참고문헌

최득호, 『인생은 오늘도 나무를 닮아간다』, 아임스토리, 2022.

이재영, 『혈 인자수지』, 책과나무, 2014.

이재영, 『대통령 풍수, 혈로 말하다』, 책과나무, 2022.

현진, 『수행자와 정원』, 담엔북스, 2022.